KB170504

누군가 말해주세요, 꽃들의 비밀을

누군가 말해주세요, 꽃들의 비밀을

꽃길에서 얻은 말들

이선미 지음

오엘북스

| 들어가는 글 |

우리나라에 피고 지는 꽃들을 잘 몰랐다. 아주 흔히 볼 수 있는 꽃 말고는 아는 게 별로 없었다. 우연히 풍도의 바람꽃 소식에 처음으로 '야생화'에 관심을 갖게 됐다. 그렇게 우리 꽃을 만난 지 벌써 몇 해가 지났다.

그렇다고 성실하고 열정적으로 우리 꽃을 찾아다니거나 공부한 것도 아니다. 갈 수 있으면 가고 만날 수 있으면 만났다. 그렇게 만난 우리 꽃 이야기를 해보려고 한다.

그런데 정확하게 말하면 '꽃 이야기'가 아니라 꽃을 만난 내 이야기다. 카메라 뷰파인더로 꽃을 만나는 순간, 꽃을 만나러 산을 오르고 내려오던 시간, 오며가며 스친 사람들, 꽃을 만나며 얻은 어떤 생각들. 그 기록을 글과 사진으로 나눈다.

꽃을 찍는 순간은 모든 감각이 집중한다. 숨도 잠시 참아야 한다. 흔들리기 십상이기 때문이다. 많은 이들이 경험하겠지만 그 순간은 오롯이 저 너머의 꽃과 나만의 순간이다. 무념무상

완벽하게 단순하다. 하릴없이 분주한 일상에서는 만나기 힘든 그 순간의 침묵은 눈앞에 보이는 수백 수천의 사물을 넘어 '없음'의 순간으로 정신을 인도한다. 그런 시간들이 위로가 되지 않을 리 없다. 힘이 되지 않을 수가 없다. 꽃을 보러 산과 바다를 찾아가는 것만으로도 몸과 마음에 좋은 일인데, 꽃을 찍기 위해 마음을 집중하는 순간은 조금 더 충일했다. 그렇게 최선을 다해 꽃을 만났으니 어디서든 만난 적이 있는 꽃을 사진이든 영상으로 보게 되면 내가 만났던 꽃들이, 그 순간이 떠오른다. 그리고 다시 그리워진다. 다시 보고 싶어진다. 만나러 길을 나서고 싶다. 보고 싶다, 보고 싶다. 꽃이 있어서, 꽃이 피어서 좋다.

꽃길에 함께했던 분들, 꽃을 생각하면 동시에 떠오르는 이름들, 사랑을 담아 그리운 마음을 전한다.

| 차 례 |

2

내가 아는 꽃, 나를 만난 꽃

1
꽃을 만나는 몇 가지 자세

어느 날은 바람이, 어느 날은 슬픔이,
어느 날은 그리움이 하루를 살게 하는 것처럼
또 어느 날은 꽃들이 지상의 양식,
지상의 길동무, 지상의 스승이 된다.

넌 이름이 뭐니?

겨울이 지나가고 봄꽃이 하나둘 피기 시작하면 어느 순간부터 꽃들의 개화 속도는 따라가기가 어려울 정도가 된다. 이제 꽃들은 백미터 결승선에 도착하는 육상선수들 같다. 어느 해는 정말 우후죽순 동시에 피어나기도 해서 차례차례 만나고 싶은 꽃들을 놓치기 십상이다. 먼 남쪽지방까지는 찾아가기가 힘들다 보니 서울 경기 강원에 피는 꽃들을 만나야 하는데 그렇게 순식간에 만발하는 뭇 봄꽃들 가운데 복수초가 있다.

서울에서도 가장 먼저 피는 봄꽃이 복수초다. 홍릉숲(홍릉수목원) 울타리 안팎에서 피어나는 그 봄의 전령은 누구에게나 아주 많이 반가운 존재다. 복수초(福壽草)는 일본식 이름을 우리말로 옮겨 부르는 거라고 하는데 글자 그대로는 '복과 장수를 기원한다'는 의미일 거다. 좋은 의미를 담고 있지만 '복수'라는 단어가 먼저 벽처럼 다가오기도 한다. 이렇게 반갑고 어여쁜 꽃인데 '복수'라니.

그런데 이 꽃에게는 다른 이름도 있다. 제 몸의 열기로 눈을 녹이며 피어나는 이 꽃은 눈 속에서, 얼음을 뚫고 피어나 '얼음꽃', '얼음새꽃'이라는 예쁜 이름도 얻었다. 눈 속의 꽃, 설중화로 복수초를 만나게 되는 것이다. 흰 눈 속에 고요히 불 밝히고 있는 황금빛 등잔, 복수초를 얼음꽃, 얼음새꽃이라고 부르면 또 느낌이 다르다.

'얼음새꽃'이라고 부르면 복수초가 더 애틋해지는 것과 달리 '현호색'이라는 이름은 문득 정색하게 만든다. 어감으로 보면 꽃과 이름이 정말 어울리지 않는다. 가만 들여다보면 이 꽃은 얼마나 자유로운지. 새처럼 노래하거나 천사처럼 날갯짓하고 있는 꽃들은 꽤 동적이다. 처음 화야산 초입에서 본 날부터 이

얼음꽃, 얼음새꽃이기도 한 복수초(화천 광덕산)

늘 어딘가를 향하고 있는 현호색(남양주 천마산)

작은 꽃들은 내게 나팔 불며 찬양하는 천사로 보였다. 현호색을 만나면 마음이 금세 날아올랐다. "찬양하라 주님을, 그 이름 찬양하라, 이제로부터 영원히 찬미를 드려라…."

늘 덩달아 노래 부르고 싶어지는 현호색인데 어느 날은 천마산에서 깊고도 짙은 색의 갈퀴현호색을 보며 울컥 눈물이 날 뻔했다. 그런 느낌은 홍천 도사곡리에서 각시붓꽃을 들여다볼 때도 엄습했다. 하나의 꽃이 완벽한 어떤 세계를 보여주는 것 같았다. 넘치는 생명력 안에 지고의 아름다움, 지고의 완전이 투영돼 있었다. 거기, 누군가가, 어떤 존재의 자취가 뭉클했다. 꽃은 터질 듯한 존재감으로 보는 이를 고양했다. 나는 도취 같은 눈물을 흘릴 뻔했다. 아름답고도 동경의 사다리 저 끝을 향하게 하는 일순간의 도취, 혹은 선망, 닿을 수 없는 세계에 대한 한순간의 그리움. 그런 순간들이 겹쳐 몰려왔다.

현호색도 종류가 많다. 조금씩 다른 모양의 꽃은 저마다 다른 그림을 그려주지만 모두가 늘 어딘가를 향하고 있다. 꽃이 주는 그런 느낌과 달리 이 한자어 이름은 도서관 나직한 어둠 속 책상에 앉은 것 같은 기분이 들게 한다. 현학이라는 단어가 연상되는 탓일까? 학명 '*Corydalis*'가 그리스어로 '종달새'를 뜻한다고 하는데 우리말 이름은 뿌리가 검은색을 띄고 있어서 붙여

하나의 꽃이 완벽한 어떤 세계를 보여주는 것 같은, 각시붓꽃(홍천 도사곡리)

졌다고 한다. 이 꽃과 이름은 여전히 먼 느낌이다.

꽃을 만나다보니 이름도 예사롭지 않다. 낯선 이름일 때는 그 의미가 궁금해지고 이름과 꽃이 어울리면 기쁨이 더 커지기도 한다. 이름이 존재를 더 잘 드러내줄 때 때로 갑절의 반가움이 인다. 누군가도 같은 생각으로 바라본다는 것, 같은 느낌으로 만난다는 것, 그 공감 때문일 것이다.

어느 날은 눈부시게 쏟아지는 개울가 햇빛을 고스란히 담고 핀 복수초를 보았다. 햇빛 속에 찬란한 꽃잎을 보면서 '빛사이꽃', 빛새꽃이라고 불러도 좋겠다 싶었다.

천사의 날갯짓 현호색(남양주 천마산)

어느 날은 빛새꽃(복수초, 화천 광덕산)

이름은 그 자신이기도 하다. 마음을 담은 이름은 서로의 사랑을 깊게 전한다. 꽃들의 이름 역시 꽃 자체다. 나는 꽃들을 내 마음의 이름으로 부르고 싶어졌다. 그 목록에 현호색도 있다.

세 번째 날의 숲

하느님께서 말씀하시기를 "땅은 푸른 싹을 돋게 하여라. 씨를 맺는 풀과 씨 있는 과일나무를 제 종류대로 땅 위에 돋게 하여라." 하시자, 그대로 되었다. 땅은 푸른 싹을 돋아나게 하였다. 씨를 맺는 풀과 씨 있는 과일나무를 제 종류대로 돋아나게 하였다. 하느님께서 보시니 좋았다. 저녁이 되고 아침이 되니 사흗날이 지났다.(창세 1,11-13)

야생에 핀 꽃을 보는 건 태초의 순간을 만나는 일과도 같다. 누군가 씨를 뿌린 것이 아니고, 누군가 심은 것이 아닌 뿌리에서 저 홀로 길고 긴 인내의 시간을 보낸 꽃이 피어난다. 그 홀로 보낸 그 시간은 창조주의 시간이기도 하다. 무에서 세상을 빚어놓은, 무에서 생명을 탄생시키는, 무에서 찬란한 빛과 색과 모양과 흔들림과 형태를 빚어놓은. 그리하여 없음으로부터 꽃은 피어난다.

그 순간의 감동은 그 때문이다. 사람이 만든 아름다움은 기한이 있다. 시들고 식상해진다. 부서지고 지루해진다. 다만 어디서 온 건지 알 수 없는 야생의 생명체들은 여전히 무한한 놀라움을 자아낸다. 야생의 풀꽃을 만나며 시인이 되는 이유다. 시인이고 싶어지는 이유다.

봄이 오는 숲속에는 성스러움의 본질이 깃들어 있다. 다른 시선으로 보면 그 숲은 거의 폐허와도 같다. 지난해가 스쳐간 죽음의 시간, 소멸의 시간이 영글어 생명이 움트고 꽃을 피운다. 봄날 그 폐허로부터 피어오르는 작은 꽃들은 순식간에 창조의 세 번째 날로 이끈다. 내가 그 알지 못하는 신비에 물든다. 숲에 머무는 시간, 내게 다시 생명을 묻는다. 폐허로부터 피어난 생명, 그 부활의 숲에서 홀로 세례를 갱신한다. 부활의 그 밤, 그 복된 밤처럼 숲은 진리를 묻고 자유를 묻고 책임을 묻는다. 자유를 누리고자 죄를 끊어버리겠느냐고, 악의 유혹을 끊어버리겠느냐고.* 그리고 내 안의 음성이 나에게 묻는다. 좌절을 끊어버리겠느냐고, 슬픔을 끊어버리겠느냐고. 새로 피어나는 꽃들 속에서 나도 다시 태어난다.

갓 생명이 시작되는 세 번째 날의 숲은 온통 바니타스(vanitas)

* 가톨릭교회에서는 부활 성야에 세례 서약 갱신을 하는데, 세례 때 '죄'와 '악의 유혹'과 '마귀'를 끊어버리고 하느님의 자녀로서 자유를 누리겠다고 한 약속을 새삼 갱신한다.

야생에 핀 꽃을 보는 건 태초의 순간을 만나는 일과도 같다(너도바람꽃, 남양주 세정사 계곡)

를 품고 있다. 꽃은 시들고 마른다. 그리고 소멸한다. 숲은 그 소멸의 자취로부터 새 생명을 피어낸다. 새로운 것만이 아니라 묵은 것들이 함께한다. 그 묵은 것들이 새 생명으로의 징검다리가 된다. 그렇게 섞여 있는 많은 것들, 서로에게 영향을 주며 존재하는 많은 것들의 다른 이름은 사랑이다. 모든 생명체는 사랑 없이 살 수가 없다. 내가 숲을 찾아가 꽃을 바라보고 눈을 맞추고 이름을 불러주는 것, 그 모든 행위 역시 사랑 아닌가.

숲에 머무는 시간, 또 다른 사랑의 노래가 들린다. 사랑의 고백이 들린다.

> … 그분은 수천의 선물들을 뿌리며
> 황급히 덤불숲을 지나갔습니다.
> 그리고 가면서 그것을 바라보았지요.
> 단 한 번의 그분 자태에
> 숲은 아름다움으로 옷 입혀졌습니다.
> - 십자가의 성 요한, 《산 후안 데 라 크루스 시집》

스페인의 시인인 십자가의 성 요한은 "돌아다니는 모든 것들이 / 당신이 베푼 수천의 은혜들을 말하고" 있는 세상을 노래했다. 나도 숲에서 그 수천의 은혜를 만난다. 사람들의 마을에서는 좀처럼 알기 어려운 일들을 숲에서 배운다. 듣는다. 그래서 알게 되는 것이다.

꽃이 피는 시간은
속삭이는 때이다
피어나는 건 꽃이지만
하느님의 죽비가 영혼을 톡톡 치시는 거다

이렇게 생을 너에게 주었다
이렇게 사랑스러운 생명을 너에게 불어넣었다

나는 잊었으나,
하느님 기억엔 장착된 데이터가
자꾸만 당신의 눈시울을 붉히는 봄
어린 내가 눈에 밟혀 하느님이 자꾸 우시는 봄

비가 내리는 건 그 이유다
기억하라고
너 또한 이렇게 사랑스러운 존재였다고

이렇게 꼬물꼬물

꽃처럼 이쁜 시간이었던 몇 해 전

몇십 년 전

그 봄, 그 봄들을

뒷모습이 진실이다

여러 사람과 순례를 할 때면 늘 누군가의 뒷모습을 보게 된다. 사진을 찍느라고 뒤처지기 때문이다. 초를 켜서 봉헌하거나 무릎을 꿇고 기도하는 누군가의 모습을 보면 그의 기원에 마음을 보태게 된다. 내가 쏘는 '화살기도'도 덩달아 촛불을 밝힌다.

아침 일찍 일어나 숙소 주변을 산책할 때도 뒷모습을 만나곤 했다. 장엄한 일출을 배경으로 성무일도를 바치는 뒷모습을 보았던 갈릴래아 호수의 그 아침도 참 좋았다. 찬란한 햇빛에 부겐빌레아(Bougainvillea) 잎이 황금빛으로 물들던 그 아침의 뒷모습은 아름다웠다. 그 꽃처럼 빛에 물들고 싶던 순간이었다.

꽃은 빛이 오는 뒤에서 역광으로 볼 때 또 다른 아름다움을 보여준다. 처음에 나는 빛을 보고 싶어서 뒤로 갔다. 햇살이 통과하는 잎을 보려고 뒤로 갔다. 투명하게 드러나는 잎의 환희에 물들고 싶어서였다. 그런데 봄꽃들의 뒷모습에는 겨울을 지나

뒷모습에서 그가 지나온 겨울을 본다(들바람꽃, 가평 뾰루봉 계곡)

온 상처가 남아 있었다. 때로는 꽃잎이 떨어지고 때로는 찢어진 잎 그대로 흙투성이인 잎들. 반가운 마음에 그저 좋아 달려갔다가 그 모습을 보면 멈칫 속도를 늦추게 된다. 애썼구나, 정말 수고했구나. 다독다독 인사부터 건네게 된다.

사람들 역시 뒷모습은 정면과는 다를 때가 있다. 누군가의 글처럼 등 뒤로 비수를 감추고 있을 수도 있지만 뒷모습에는 그가 지나온 겨울이, 그가 지나온 십자가의 길이 있다. 그래서 때로 어떤 꽃들의 뒷모습을 보는 것처럼 마음이 흔들리는 것이다.

미셸 투르니에(Michel Tournier)는 "뒤쪽이 진실이다"라고 썼다. "뒤쪽은? 등 뒤는? 등은 거짓말을 할 줄 모른다…"라고도 덧붙였다. 나태주 시인도 〈뒷모습〉에서 "…뒷모습은 / 고칠 수 없다 / 거짓말을 할 줄 모른다"고 썼다.

꽃이야 사람과 달리 감추고 싶은 진실이 있을 리 없지만 꽃의 뒷모습은 늘 예사롭지 않다. 그래도 늘 꽃들의 뒷모습을 찾는다. 어쩌면 상처가 남은 뒷모습에서 얻고 싶은 뭔가, 보고 싶은 뭔가가 있는 건지도 모르겠다. 그런데 혹시 꽃들도 뒷모습을 감추고 싶은 건 아닐까?

봄꽃이기도 하고 가을꽃이기도 한 독특한 꽃
솜나물(강화 동검도)

엠마오

십자가에 못 박혀 죽으신 지 사흘째 되던 날 예수님은 무덤을 열고 부활했다. 그의 제자들은 두려움에 떨며 사방으로 뿔뿔이 흩어지던 중이었다. 어느 날 예수님을 따라다니던 두 사람이 예루살렘을 빠져나와 길을 가고 있었다. 그 길을 누군가 함께 걸었다. 그가 과거로부터 그때까지의 진리를 알려주었다. 같이 길을 걷다가 저녁이 되었다. 그들은 그 밤을 함께 묵으며 더 큰 가르침을 주십사고 청했다. 식탁에 앉아 빵을 나눌 때 그들은 비로소 알아차렸다, 길에서 우연히 만나 함께 식탁에 앉아 있는 이가 누군지를.

성경의 엠마오 사건은 알아차림에 대한 이야기다. 같이 걷고 있는 이가 누구인지, 식탁에 앉아 빵을 나누고 있는 이가 누구인지. 그가 마음을 노크해 알려주는 진실을 알아차려야 하는 시간이다. 내가 누군지, 나라는 존재를, 부활을, 부활의 의미를, 죽음이 끝이 아니라 영원한 생명의 시작임을. 죽음을 통해, 죽어야만 부활에 이르는 역설을.

부활 즈음이 되면 봄소식과 함께 밀려들 듯 피어나던 꽃들이 스러져간다. 시들어 지는 꽃들은 더 이상 예쁘지 않다. 예쁘지 못하다. 꽃잎이 찢어지거나 밟히거나 너덜너덜해지기도 한다. 그렇게 떠나가는 꽃들의 시간을 찾아 걷는다. 피어날 때가 있으면 질 때가 있는 법, 그 길에서 하늘 아래 영원한 것은 없다는 코헬렛*을 듣는다.

빈 무덤을 찾아간 마리아 막달레나처럼 부활의 그 밤이 지나고 꽃을 찍으러 갔다. 꽃들이 돌아서 가는 중이었다. 드물게 보이는 꽃도 어여쁘다 하고 들여다보면 여기저기 상해 있었다. 지난봄의 자취를 뒤로 하고 떠나는 꽃들을 배웅하는 시간, 한 해 제 몫의 생을 살아낸 꽃들이 떠나고 있는 산을 낙엽에 푹푹 빠지며 헤매다 온다.

엠마오는, 빈 무덤을 지새웠던 밤이, 다시 허락된 새 아침이 모두에게 부활의 징검다리가 되기를, 그 안에 내 몫도 있기를 덩달아 바라는 하루다. 구약의 시간이 흐르고 새로운 약속이

* 구약성경의 스물다섯 번째 책으로 그리스어로는 '진도서'라고 옮겼다.

나풀거리고 흔들리며 가야 하는 생(회리바람꽃)

시작됐다. 그 순간 "…예수는 인간을 일으켜 세우고 검지로 턱을 받쳐 땅으로 숙였던 얼굴을 들게 한다."(미셸 투르니에, 《뒷모습》, 현대문학, 2020) 그리고 그는 사랑하는 사람들에게 사랑의 힘으로 살아달라고 청한다. 엠마오의 숲에서 그의 음성을 듣는다. 살아가라, 다시 희망하고 다시 꿈을 시작하라. 폭풍 속에 거의 시들었던 밤이 지났다. 이제 노래 불러라.

회리바람꽃이 꽃 같다는 느낌이 덜했던 건 항상 너무 단정하게 정적이었기 때문이다.

"너 왜 그렇게 죽은 듯 살고 있니?"

'죽은 듯' 사는 건 사는 게 아니었다. 그렇게 살면 안 되는 거였다. 그날 엠마오로 가는 길에서 회리바람꽃이 바람에 흔들리며 몸부림을 쳤다. 나풀나풀… 그렇지, 생명은 나풀거리는 거였다. 흔들리는 거였다. 바람결에든 속 깊은 곳에서든 몰려오는 울음을 토해내야 하는 거였다. 참아서 참아서 그림처럼 아무렇지 않게 남몰래 흘리는 눈물만 가져선 안 되는 거였다. 그날 회리바람꽃의 고백을 영국 시인 조지 허버트(George Herbert)가 대신 써주었다.

그대가 엄동에 떨고 서 있던 저 꽃이었다면(들바람꽃, 가평 논남기 계곡)

……

그런데 이제 나이 들어 저는 다시 움틉니다.

그토록 숱하게 죽고도 살아나 시를 씁니다.

이슬과 비 냄새를 다시 맡으며

시 쓰는 것을 즐깁니다.

그럴 리는 없습니다.

다름 아닌 제가

밤새 당신의 폭풍을 받았던 그 사람일 리는.

……

- 조지 허버트, 꽃

그래서 나도 어떤 기원을 하고 싶어졌다.

사랑받지 못하여

그대가 엄동에 떨고 서 있던 저 꽃이었다면
눈물 뚝뚝 지던 그 추운 낮과 밤을 뒤로 하고
오늘 피어나는 한 송이 꽃이기를

얼마나 진심 다해 바라는지
빈 무덤에서 잠 못 들었다
잠 못 들고 나도 울었다

사랑받지 못하는
잊혀지는

슬픔에 대하여

그 쓰라린 눈물에서 꽃이 피어나기를
그 쓰디쓴 소금꽃이 찬란히 빛나기를

영원한 것은 없으니

영원하리라고 바라지 않고

한때, 잠시, 그 눈부신 순간이
힘이 되기를.

빈 무덤에서 바라기를
누구나 제 안의 빛을 찾기를
그 빛으로 꽃을 피우기를

두루미를 닮은 모습이어서 이름을 얻었는데,
오히려 작은 새들처럼 귀여운 두루미꽃(함백산)

빛이 없다니

누군가 어떤 자리에 들어서며 이렇게 말할 때가 있다.

"아무도 없네?"

거기 사람들이 있어도 자신이 기다리는, 혹은 자신이 보고 싶은 사람이 없다는 말이다. 순간 거기 있던 사람들은 유령이 되어버린다.

"나는, 우리는, '아무'가 아닌가?"

무슨 뜻인지 알지만 그런 말의 습관이 가끔은 사람들에게 의식될 때가 있다. 분명히 있는데, 원하는 것이 없다고 모든 걸 부정하는 습관이 종종 우리에게 있다.

유명산에 접어들었을 때는 이미 오후 느지막한 시간이었다. 곧 해가 질 시간이어서 그러잖아도 숨가쁘게 일행을 따라갔다. 나는 초행길이었고, 원체 느렸다. 얼마나 더 가야 할지도 알 수 없고, 얼마나 더 힘들지도 알 수 없었다.

꽃을 찍고 내려오는 듯한 사람들이 일행을 스치며 지나갔다. 그들이 좁은 길을 서둘러 지나가며 중얼거렸다. “빛도 없는데, 뭐 하러….”

가뜩이나 힘들게 올라가고 있는데 더 기운이 빠졌다. 아마도 우리가 보러 올라가는 중인 그 꽃을 만나고 내려오는 것 같은데, 사람들이 참 야박하다는 생각이 들었다.

꽃자리를 찾아가면 ‘빛’을 아쉬워하는 사람들이 있다. 투덜거리고 불평하기도 한다. 물론 그들은 가장 좋은 빛 속에서 가장 멋진 결과물을 얻으려고 한다. 그런 욕구를 탓할 일은 아니다.

그들은 때로 “빛이 없다!”고 말하기도 한다. 하지만 빛이 없는 순간이란 없다. 물론 그 또한 무슨 말인지는 안다. 그럼에도 빛이 맘에 안 든다고 말할 수는 있지만 빛이 없다는 말은 ‘틀린’ 말이지 않은가. 태양은 하루 한 시도 어긋남 없이 운행하고 있다. 시시로 변하는 것은 인간일 뿐이다.

사람들은 보이지 않는 빛 속에서도 빛을 기대하고 희망한다. ‘보이지 않을 때도 분명히 빛나는’ 빛을 고마워한 사람들도 있다. 아우슈비츠를 겪은 유다인들은 그 극한의 공간에 영혼의 고백을 새겨놓았다.

…나는 빛나지 않을 때에도 태양을 믿습니다.

나는 사랑이 느껴지지 않을 때에도 사랑을 믿습니다.

나는 하느님이 침묵하실 때에도 하느님을 믿습니다.

그들도 고통스럽고 절망했다. 그들도 피난처를 간절히 바랐다. 하느님의 길고도 긴 침묵에 눈물로 호소하기도 했다. 그들도 찾았다. 자신들이 겪는 고통의 이유를. 도무지 알 수도 없고 받아들이기도 힘든 고통의 이유를, 자신들의 존재의 이유를.

그럼에도 그들은 희망의 끈을 이어갔다. 희망은 믿음에서 왔다. 그들은 보이지 않는다고 빛이 없는 게 아니라는 걸 알았다. 눈앞에 보이는 현실이 깊은 구렁이더라도 외적인 것들이 나를 파괴할 수 없다는 걸 알았다. 두렵고 두렵지만 생명의 존엄과 영원한 자유를 신뢰했다. 죽음이 우리의 끝이 아니라는 걸 알았다.

세상이 내 맘과 같지 않아도 여전히 선의로 가득하고 아름답고 의미 있다는 사실을 잊지 않고 싶다. 당신이 내 마음에 덜 들어도 있는 그대로의 당신을 사랑하고, 맘에 안 드는 그 결핍을 채우고 치유할 수 있도록 마음이라도 보태며 살고 싶다. 꽃을 만나고 꽃을 찍으면서 꽃들의 생이 내게 주는 위로의 말은 그렇다.

…내가 핀 자리를 보라. 내가 뿌리를 내리고 가까스로 꽃을 피운 이 순간을 보라. 모든 게 준비돼 있는 개화가 아니다. 스스로 땅속의 긴 기다림을 견디고 어둠의 두려움을 넘어 단단한 흙을 박차고 피우는 생명이다.

높고 깊은 산속에서 광릉요강꽃(가평 유명산)

꽃에게는 때로 비나 빛조차 가혹할 때가 있다. 꽃들의 한 생은 무방비상태다. 꽃들은 그렇게 피어난다.

나는 차마 도저히 '빛이 없다'는 말을 할 수가 없다. 나는 차마 꽃이 덜 이쁘다는 말도 할 수가 없다. 나는 내 앞에 피어준 꽃에게 그저, 그저, 인사한다. 애썼어, 고마웠어. 만나서 정말 반가워.

반짝이는 빛이 없어도 꽃은 거기 있다. 거기 핀다. 거기 존재한다. '없는' 빛 속에서 꽃은 초연하게 제 존재를 발한다. 나는 오히려 담담하게 '없는' 빛 속의 꽃을 만난다. 빛이 좋으면 시선이 빛에 머문다. 빛이 주인공이 된다. 빛과 꽃이 함께 머무는 순간이야 말할 나위 없이 좋지만 내가 보고자 한 건 꽃이니 나는 됐다. 빛 속이든 빗속이든 꽃이 있으면 됐다.

빛 속에서 꽃은 영원처럼 존재하고 있다. 그 오후에 '빛 없는' 산을 오르고 올라 광릉요강꽃을 만났다.

아름다워서 '기생'이라는 이름을 얻은 기생꽃은 기후변화로 날이 더워지면 영 못 볼 수도 있는 멸종위기 야생식물이다(태백산 유일사)

우리의 따뜻한 거리

꽃을 찍으려면 적절한 거리가 필수적이다. 바람꽃과의 거리는 처녀치마를 찍는 거리와는 다르다. 그 생각을 놓치면 마구 다가가 버리거나 너무 멀어지고 만다. 적절한 거리란 꽃을 만날 때도 정말 필수적이다. 사람과의 관계에서만 필요한 게 아니다.

사랑에 빠지면 거리를 잊어버린다. 경계를 뛰어넘고 싶어진다. 사랑이 불붙으면 그 불길이 경계를 지운다. 모든 경계가 사라진 꿈같은 시간이 허락되기는 한다. 그러나 누구나 알듯이, 누구나 겪듯이 불길은 이내 사그라진다. 재가 된 불길 이후에는 심상한 온기로 관계를 발전시키는 것이 사랑의 지속이다. 그걸 잊어버리면, 그 온기로 만족하지 못하고 언젠가의 뜨거움을 기대하면서 없는 것, 지나간 것, 사라진 것을 그리워하면 현재를 놓치고 만다.

사랑은 거리가 필요하다. 경계를 잊게 하는 순간은 꽃이 피는 것처럼 찰나일 뿐이다. 꽃이 지듯이 불길도 사라진다. "…탈

대로 다 타시오. 타다 말진 부대 마소….” 타오를 때는 재도 안 남을 만큼 뜨거워지되 사랑의 일상 역시 반갑게 맞을 일이다. 우리가, 그 언젠가처럼, 그 뜨거운 열정 속에서 살아야 한다면, 그 에너지를 감당할 수 있을까? 꽃이 져도 그리움으로 기억하듯이 사랑의 뜨거운 열기가 사라진 이후에 진실로 힘이 되는 사랑이 시작된다.

그러나 내 그럴 줄 알았다. 물론 오래 기다리기는 했다. 어디선가 사진 속에서 본 들바람꽃을 오랫동안 보고 싶어 했다. 해가 바뀌고 마침내 들바람꽃을 만나러 가는 날, 애써 담담하게 대하리라 마음을 여몄다. 하지만 결국 마음을 홀딱 뺏기고 말았다. 가까이 다가갈수록 어찌할 수 없는 매혹에 무장해제하고 말았다.

그러니 또 그럴 줄 알았다. 불꽃처럼 달려드는 발길로는 헛발길일 수밖에 없음을 이미 알았으면서 마음만 텀벙텀벙 타올랐으니 돌아와 들여다본 사진 속의 들바람꽃은 내가 눈으로 본 그 꽃이 아니었다. 그 숲의 정경이 아니었다. 내 눈과 마음으로만 너, 가장 곱고 어여뻤다. 그토록 '거리를 유지해야' 한다고 되뇌었으면서도 처음으로 만나는 너, 그토록 오래 기다렸던 너를 향해서는 거리를 둘 수가 없어 더 더 다가갔으니 참으로 이럴 줄 알았다. 멀리서 보아야만 더 어여쁜 존재가 있다는 걸, 배경

범벅이 되고 말았던 그 첫 만남(들바람꽃, 가평 뵤루봉 계곡)

과 더불어 보아야만 온전히 아름다운 존재가 있다는 걸, 또 한 번 대책 없이 뜨거워진 마음이 또 한 번 애석한 반성을 가져왔다. 그저 뜨거워진 마음 범벅이 되어 너를 그려오는 풍경도 범벅이 되고 말았다.

"…당신과 나 사이에 저 바다가 없었다면…" 쓰라린 이별은 없었으리라고 노래한다. 그러나 저 바다가 있다면, 그럼에도 그 바다에도 불구하고 사랑할 수 있으면 좋을 것이다. 우리 사이에 있는 거리에도, 장애물에도 불구하고 오갈 수 있는 마음이면 좋을 것이다. 릴케가 젊은 시인에게 보낸 편지에서 하고 있는 말도 그런 의미일 것이다. “가장 가까운 사람 사이에도 무한한 거리가 존재한다는 사실을 깨달으면, 서로가 그 거리를 사랑하게 된다면….” 우리는 조금 더 고독해지겠지만 그래서 더 멋진 삶을 살 수 있다.

그러니까 때로는 당신과 나 사이에 ‘거리’가 필연적이다. 사람은 금세 구속을 의식하는 존재다. 거리 없는 뒤섞임이란, 그 혼돈은 기어이 질서를 요구한다. 우리는 어쩌면 거리를 필요로 하는 독자적인 존재다. 우리는 결국 혼자 온전히 존재해야 한다. 홀로 선 자세로 타인과 만나야 한다. 그것이 우리 숙제다.

아, 새삼 생각하는 건 ‘더는 다가가지 않겠다.’ 이만큼에서, 이 거리를 사랑하며 그 너머의 너를 향하겠다. 그래서 칼릴 지브란(Khalil Gibran)은 아예 못을 박아주었다. “…그보다 너희 혼과 혼의 두 언덕 사이에 출렁이는 바다를 놓아두라….”(함께 있되 거리를 두라, 《예언자》)

모든 것에는 때가 있다

뒤늦게 찾아갔다, 무갑사 너도바람꽃. 곳곳의 꽃 진 자리가 며칠 전까지 흐드러졌던 꽃들을 기억하고 있었다. 하늘은 우울하고 풍경도 생기가 없었다. 다만 꽃 지고 있는 자리가 조근조근 몇 마디 건넸다.

"모든 만남이 좋지 않아? 꽃이 필 때도 꽃이 질 때도 언제든 다가오는 게 좋아. 주고받을 수 있는 말은 저마다 다르지만 어떤 순간도 의미 없이 소멸하지는 않아. 지금 이 순간도 좋지 않아?"

지고 있는 꽃들을 바라보며 '지는 일'에 대해 잠시라도 생각을 기울여보는 시간, 어쩌면 이 시간이 가장 중요한 일 중 하나가 아닌가. 잘 보내는 일, 고맙다고 인사하며 잘 떠나보내는 일.

분명히 인생의 모든 만남은 그럴 만한 이유가 있다. 사물들과의 관계에서도 종종 그렇다. 꽃들은 고마워하며 헤어져간다. 뒷모습도 어여쁘다 봐주는 시선을 오히려 다독거린다. 피고 지는

모든 것에는 때가 있다(너도바람꽃, 남양주 천마산)

어떤 것도 상실이 아니야. 모든 것이 존재하는 그 시공은 앞모습이든 뒷모습이든 다 필요가 있어서 거기 그렇게 있었을 테니.

싱싱한 꽃잎을 찾아 여기저기 쏘다니면서 군데군데 만개했던 꽃들의 이야기를 만나는 건 조금 아쉬운 일이었지만 그러나, 그 풍경이 주는 위로라는 게 각별했다. 좋았다. 쓸쓸함조차 찬란한 한때라고 콜록콜록 기침에 떠는 머리카락 위로 빗방울마저 톡톡 떨어지곤 했지만 그 뒤안길도 함부로 할 시간이 아니었다.

마당에 심은 꽃도 바삐 지나치다 보면 못 보고 만다. 그런데 산과 들에 피는 꽃의 때를 맞추는 게 쉬운 일이겠는가. 거기 사는 누군가가 실시간으로 알려주지 않는 한 가장 좋은 때를 찾

그날 마음을 그득 채웠던 변산바람꽃(안양 수리산)

아간다는 건 정말 행운에 속하는 일이다.

몇 번은 피지 않아서 아쉬워하고 몇 번은 져버려서 낭패였다. 꽃을 만나는 일은 늘 마음을 비우게 하는 훈련이기도 했다. 가장 적절한 시기에 핀 꽃들을 볼 때 그게 얼마나 큰 행운인지를 생각한다. 언제나 가능한 일이 아닌 순간을 마음껏 누리기로 한다.

어느 봄에는 실시간으로 개화 소식을 접하고 부랴부랴 수리산에 갔다. 세상에나, 변산바람꽃을, 가장 이쁜 순간을 만났다. 해가 들지 않는 산이어서 아쉬웠지만 꼬물꼬물 피어 있는 꽃들 사이로 마구 행복하게 걸어왔다. 그러니까 내게도 그런 행운이 왔다. 좋은 만남이었다. 때가 좋았다. 넌 늘 이렇게 피고 있었구나. 내가 미처 알지 못하는 곳이라도, 내가 놓쳐버린 때라도. 그래서 누군가 네 사랑스러운 모습을 전할 때마다 아쉽고 그리웠다. 어딘가에 필 너를, 피었다가 지고 있을 네가. 그렇게 어여쁜 꽃의 순간을 나도 종종 만나기는 했다.

때…가 있다는 것. 보이지 않아도 존재하는 것에 대해 생각했다. 내가 보지 못하거나 갖지 못한 것, 내게 머물지 못하는 것들에 대해 생각했다. 예컨대 빛도 그렇다. 빛나지 않는다고, 구름에 가렸다고, 어둠이 내렸다고 태양이 없는 것이 아니듯 보이지 않아도 소멸하거나 멸절한 게 아닌 것들을 새삼 그리워하고 희망하게 되었다. 그날 눈부신 변산바람꽃을 보며 내 마음이 그득 채워졌던 건, 보고 싶었던 상태의 꽃을 보았기 때문만이 아니라 혹 보지 못해도 꽃이 늘 피었다는 걸, 피었다가 졌다는 걸, 그토록 찬란한 생이 거기 있다는 걸, 그러므로 보이지 않는, 만나지 못하는 것을 너무 애달파하지 말라는 사랑의 말, 희망의 말, 위안의 말을 들었기 때문이었다.

너 자신을 아프게 하지 마라

우리가 외부에서 가해진 고통을 더욱 크게 만드는 이유는, 우리가 정말 고통 없이 살아야 한다는 환상 때문이다.

-안셀름 그륀, 《너 자신을 아프게 하지 마라》

세상은 늘 선이 악을 이기고 정의가 강물처럼 흘러야만 하며, 우리는 고통 없이 살아야 한다는 기대가 있다. 아주 잠시만 생각해봐도 결코 성취될 수 없는 불가능한 일이다. 그런데도 그런 꿈이나 기대가 은연중에 뿌리내리고 있다.

세상은 정돈된 온실이 아니다. 꽃이 피기 시작하는 봄날의 산이 그 현장을 명백하게 보여준다. 지난여름의 흔적들은 폐허처럼 널브러져 있다. 썩어가는 열매들은 나뒹굴고 낙엽들은 봄바람에 서서히 바스라진다. 겨우내 눈과 비와 햇빛과 바람이 쌓아놓은 지면의 낙엽들은 겹겹이 달라붙어 있다. 꽃은 그렇게 정신없고 불편한 상태에서 얼굴을 태양 아래 내민다. 어느 틈이었던 것이다, 거의 밀집한 낙엽들로부터 녹록치 않게 가까스로 내미는 얼굴.

봄날 혼돈과도 같은 꽃자리에서 한참을 머물다 보면 번잡한 마음의 자리가 점차 간결해진다. 어찌할 수 없는 세상일에서도 한발짝 물러서게 된다. 모든 일에는 이면이 있고, 내가 동시에 모든 것을 보거나 온전히 맥락을 파악하지 못할 때도 있다는 걸 기억하게 된다. 미처 알지 못하는 것들이 있다는 걸 인정하고, 어떻게든 좋은 방향으로 나아가기만을 바라는 마음이 남는다.

꽃이 외부의 환경과 사물의 상황에 매이지 않고 피어나는 것처럼 나는 오로지 나 자신으로 존재해야 한다. 내 안의 문제가 아니라 외부의 조건 때문에 흔들리고 상처 입고 좌절할 일이 아니다. 타인에게 보안관 자격을 주고 그의 평가에 안절부절못할 필요가 없다.

꽃들이 있는 힘껏 자기 생을 걸어가는 것처럼 나도 내 몫의 길을 가야 한다. 나 자신을 긍정하는 것이 가장 먼저 해야 할 일이다. 나 자신을 아프게 하지 말아야 한다. 그것이 가장 중요한 일이다.

'너 자신을 아프게 하지 마라'는 조언은 고대 그리스 철학자 에픽테토스로부터 콘스탄티노플의 주교 요한 크리소스토무스까지 한목소리로 전해준 말이다. 요한은 당대에 내로라하는 수사

학자로 출셋길이 창창한 젊은이였다. 그런데 그리스도교에 입문한 뒤 오직 예수님의 가르침 그대로 살고자 애를 썼다. 그러니 제국의 타락한 기득권과 잘 지낼 수가 없었다. 특히 비잔티움 제국 아르카디우스의 황후 에우독시아가 그를 못 죽여 애가 닳았다. 결국 세례자 요한의 목을 청했던 헤로디아처럼 그들도 요한의 목숨을 사지로 몰고 갔다. 그런데도 그는 초연했다. 마지막 순간까지도 자신의 신념에 충실했던 그는 아픈 마음을 견디는 친구에게는 한없이 따뜻한 사람이었다.

에픽테토스 또한 곤고한 인생이었다. 그는 장애인이었고 한때 노예였다. 당시 상황은 자세히 전해지지 않지만, 여러 모로 한계가 있었던 건 분명해 보인다. 그가 노예였다는 건 묘한 은유로 다가온다. 결과적으로 그는 가장 자유인이었기 때문이다. 그는 자기 자신과 그 밖의 것들을 분별했다. 결코 훼손될 수 없는 스스로의 존엄 말고 그 외의 것은 대수롭지 않게 여겼다. 어떤 감정들에 대해서도 분명했다. 감정이 내 안에서 일어난다 해도 그것 자체가 나는 아니다. 감정은 시시각각 일어났다가 사라진다. 그 소모적인 것에 존재가 영향을 받을 이유는 없다. 그러니까 내가 분명히 해야 하고 지켜야 할 것과 내가 할 수 없는 일을 식별해야 한다. 내가 어찌할 수 없는 일에 휘둘려 불행해지면 안 된다.

세상의 온갖 조건은 내가 어찌할 수 없다. 그 모든 것 가운

마음의 뿌리는 다치지 말라고(처녀치마, 정선 만항재)

데서 내가 어찌해볼 수 있는 것은 나 자신을 책임지는 일이다. 그러나 그 또한 얼마나 어려운 일인가. 나를 책임지려면 먼저 나를 알아야 한다. 내 단점과 부족함까지도 알아야 한다. 내가 내 존재의 결핍을 알아차리고 연민할 수 있어야 한다. 모든 사람은 결핍을 가지고 있다. 누구든 필요한 무엇은 다 있는 법이다. 그것은 부끄러운 일도 아니고 절망도 아니다. 그 부족함을 알게 되면 실수나 실패 앞에서도 자신을 몰아세우지 않는다. 터무니없는 것을 스스로에게 요구하지 않는다. 부족함을 인정하면 자신에게도 관대해진다. 저 봄날 숲만큼이나 어지럽고 복마전인 이 세상에서 선의를 가지고 살아갈 힘을 잃지 않는다. 물론 충실하게 최선을 다했을 경우의 일이다.

산에서 내려올 때쯤 다시 세상사가 밀려든다. 세상은 아름답고 기쁘고 희망의 여지가 있지만 그 반대의 경우도 많다. 가끔은 끝이 안 보이는 터널 같을 때도 있다. 어둠과 빛이 덜 드는 응달에서도 피어나는 꽃들의 분투는 약해빠진 사람에게 죽비를 든다.

중요한 것, 본질적인 것은 외부의 어떤 상황, 조건들에 대한 나 자신의 태도다. 절망스러운 일이라고 해도 그 자체가 절망은 아니다. 마야 안젤루(Maya Angelou)의 시가 전해주는 걸 우리도 모르지는 않는다. "…나는 배웠다, 나에게 고통이 있을 때에도 / 내가 그 고통이 될 필요는 없다는 것을…." 다만 고통을 바라보고, 고통이 미지의 바다로 향하는 강물처럼 흘러가는 것을 바라보되 고통이라는 배에 내 마음을, 온통 담아 같이 흘려보내지는 않기를. 만에 하나 악이, 불의가 눈앞에서 승리하는 것 같을 때라도 절망하지 말라고, 마음의 뿌리를 다치지 말라고, 너 자신을 아프게 하지 말라고. 눈 속에 피어 있는 꽃들이 가르쳐주는, 힘겨운 겨울을 지나온 꽃들이 토닥토닥 전해주는 말에 귀를 기울인다.

처음 나도바람꽃을 만났을 때 어떤 무게가 다가왔다.
이 꽃들은 가녀린 하나의 꽃대가 여러 꽃들을 지탱하고 있었다.
마치 서로의 등을 기대며 핀 것 같았다.
서로의 아픔을 기대고 선 것 같았다.
어쩌면 그랬으면 좋겠다는 바람이었을지도 모르겠다.
사람들에게 누군가의 어깨, 누군가의 등,
누군가의 손길이 필요하듯
꽃들도 그렇게 서로 지탱하며 피었으면 하는 마음이었는지도.
상처를 숨기지 않고 어떻게든 피어나는 꽃들에
겹쳐지는 사람의 일들도 있었다.

행복한 날에는 행복하게 지내라

간밤에 비가 내렸던 숲속은 한껏 후텁지근했다. 모기가 온몸에 달려들고 땀이 비 오듯 쏟아졌다. 어느 순간 너무나 지쳐버렸다.

내가 꽃을 찍는 동안 동행은 숲의 여기저기를 산책한다. 나보다 더 많은 꽃을 보고 더 좋은 모델로 안내해주기도 한다. 숲에는 사람들의 발길이 끊이지 않았다.

그가 새로운 꽃을 봤다며 길을 이끌었다. 이미 지친 상태였던 데다 해가 제대로 들지 않는 어둑한 곳에 핀 꽃이 그다지 눈에 들어오지 않았다. 그저 조금 보기 드문 또 한 종의 난초인 모양이라고 생각했다. 그래도 열심히 찍어 보려고는 했다. 습기와 얼룩 때문에 안경이 흐려져 꽃을 제대로 볼 수도 없었다. 게다가 이 꽃은 거의 컬러를 안 가진 듯 카멜레온처럼 피어 어둑한 숲에서 초점이 잡히지 않았다. 수없이 씨름하면서 몇 컷 찍고 돌아오는데, 사람들이 자꾸 물었다.

"혹시 비비추난초 보셨어요?"

비비추난초가 어떻게 생겼는지도 모르는데 일부러 이 꽃을 찾아온 것 같은 사람들을 만나니 호기심이 생겼다.

"혹시 아까 그 꽃일까?"

아직 꽃을 잘 모르는 그가, 여기저기 둘러보다가 본 이름 모를 식물에게 그분을 안내했다.

"오 맞아요. 고맙습니다."

꽃 이름을 모르던 그와 꽃자리를 모르던 그분이 마침내 비비추난초를 확인했다. 덕분에 제주와 남부지방 한두 곳에 자생한다는 아주 보기 어려운 꽃을 영접했다. 애써 꽃을 찾아온 이들이 아니었으면 그냥 모르고 왔을 수도 있는 꽃이었다. 나중에 검색해 보고야 쉽게 만나기 어려운 꽃이란 걸 알고는 좀 더 잘 찍어올 걸 후회도 했지만… 이렇게라도 만날 수 있어서 참 반갑고 고마운 일이었다.

숲을 나올 때까지도 비비추난초의 행방을 찾는 이들이 있었다. 그렇게 보고 싶어들 하는 꽃이구나 싶어 검색해보니 원래 비주얼이 썩 빼어나진 않은지 오늘 우리가 본 정도면 어지간히 괜찮은 외모는 돼 보였다. 좀 더 힘을 쓸 걸, 우리가 만난 비비추난초가 그나마 월등하다면서 좀 많이 웃었다. 인생은 한 치 앞을 모른다. 그러니 행복한 순간에는 행복하게 지내면 된다.

애써 꽃을 찾아온 이들이 아니었으면 그냥 모르고 왔을 수도, 비비추난초(안면도)

"행복한 날에는 행복하게 지내라. 불행한 날에는, 이 또한 행복한 날처럼 하느님께서 만드셨음을 생각하여라. 다음에 무슨 일이 일어날지 인간은 알지 못한다."(코헬 7,14)

지금 이 순간 잘 웃고 즐거워하는 사람은 "지나간 세월이 지금보다 좋았지요?"라고 말하지도 않는다.

서로가 서로에게 도움이 된다는 것도 아주 기분 좋은 일이었다. 이솝우화에 '맹인과 절름발이' 이야기가 있다. 고대 그리스에서도 회자되던 이 이야기는 사람 사는 세상에서 항상 필요한 조언이었을 것 같다. 사람은 완벽하지 않다. 그러니 어떤 의미로든 도움이 필요하다. 마음을 열어 지혜로워지는 사람들은 서로가 서로에게 도움이 될 수 있다. 그리고 그 순간들을 누린다. 사소한 기쁨이지만 행복해진다.

'인간은 인간에게 늑대다'라고도 하지만 우리는 '맹인과 절름발이' 같은 존재가 될 수도 있다. 친구든 부부든 서로에게 부족한 부분을 채워주며 산다. 그리고 그것은 사람의 관계에서만이 아니라 사물들과의 세계에서도 유효하다. 꽃을 만나러 다니며 알게 된 사실이다.

우리의 멋진 묘지

처음 '망우리 공동묘지'에 올라갔을 때는 봄이었다. 봄이 가고 있던 참이었다. 가고 있는 봄에, 가고 없는 이들의 묘지에 올라갔다. 벚꽃이 하염없이 낙화하고 있었다. 봉분에도 꽃잎이 쌓여 더 부드러워보였다. 떠나간 이들의 집에 세상 어여쁜 꽃 지붕이 드리워지고 있었다. 세상에나, 꽃묘지, 이렇게 아름다운 묘지가 또 있을까? 망우리 묘지는 '전설따라 삼천리'의 배경 같은 곳이라고 생각했는데, 실제로 들어선 묘지는 사시사철의 풍요와 빎[空]을 누리고 있는 천혜의 공간이었다.

그런데도 묘지는, 그리움과 죄스러움을 느끼게 하는 공간이다. '망우리 공동묘지'라고 불리던 망우리공원은 1933년 조성되었다. 만해 한용운과 소파 방정환, 3 · 1운동 당시 민족대표 33인의 한 사람인 위창 오세창이 여기 묻혀 있고 유관순 열사의 자취도 있다. 서대문 형무소에서 세상을 떠난 유관순은 보름이 지난 후에야 일제의 감시를 받으며 비석도 없이 이태원 공동묘지에 안장됐다. 1935년에 이태원을 개발하면서 무연고 묘지들이 망우리로 옮겨졌는데, 표지도 세우지 못했던 유관순 열사의 유해도 무연고 처리됐다. 그 유해들을 모두 화장해 합장하고 위령비를 세웠다. '유관순 열사 분묘 합장 표지비'만이 자취를 찾기 어려워진 그 과정을 어렴풋이 알려준다.

우리 역사의 슬픔도 기억하게 하는 망우 묘역을 레너드 코언(Leonard Cohen)의 'who by fire'를 흥얼거리며 걸었다. "누가 불의 심판을 받을까, 누가 물의 심판을 받을까, 누가 햇빛 속에 있게 되고 누가 어둠 속에 있게 될까…."

그건 부디, 제발, 마땅히 선한 지향으로 살다간 이들이 평온하길 바라는 기원이었다. 저세상의 일을 어찌 알겠는가. 다만 이 세상에서 자기만이 아니라 타인의 삶마저 짓밟은 가해자들이 '가혹한 시련을, 아주 천천히 썩어가는 형벌을' 받아야 한다는 탄원이었다.

조촐하지만 아름다운 이중섭의 묘지와 서울이 내려다보이는 박인환의 묘지를 돌아 나온다. 처음 왔을 때 그의 묘지에 있는 스마트 안내판에서 박인희의 〈세월이 가면〉을 들었다. "…인생은 외롭지도 않고 그저 잡지의 표지처럼 통속하거늘 한탄할 그 무엇이 무서워서 우리는 떠나는 것일까…." 산책로를 걷다보

슬픔을, 근심을 잊는 망우 묘역의 이중섭 묘지

면 〈목마와 숙녀〉가 새겨진 시비도 서 있다.

파리의 페르라셰즈 묘지를 부러워했었다. 많은 사람들이 서로 다른 그리움과 기대와 바람을 마음에 안고 찾아가 꽃을 바치고 기도하는 그들의 공동묘지가 무척 아름다워 보였다. 그런데 우리의 망우리 묘역을 찾아간 첫 순간 이미 부러움이 사라졌다. 좋은 일이었다.

망우리 묘지는 산토리니의 집들 같았다. 누군가의 등 뒤에 또 누군가가 잠들어 있다. 경계가 모호한 이 안식의 자리들, 쌓인 꽃이 더더욱 경계를 지워주었다. 서로가 서로의 배경이 되어주는 이토록 겸손하고 다정한 죽음의 자리라니!

떨어져 쌓인 꽃잎이 묘비명이고 지붕이고 이웃에게 가는 오솔길인 묘지. 꽃잎은 어디에든 공평하게 떨어지고 공평하게 쌓였다. 죽음의 자리는 평안했다. '슬픔을, 근심을 잊는다[忘憂]'라는 뜻처럼 망우는 피안을 누리고 있었다.

기억하라, 메멘토 모리

묘지에도 꽃이 핀다. 가장 잘 알려진 건 할미꽃이지만 그밖에도 참 많은 어여쁜 꽃들을 무덤에서 만난다. 죽음의 자리에서 피어나는 생의 역설이다.

무덤에는 제비꽃도 많다. 솜나물을 볼 수 있을까 찾아간 동막골 어느 무덤에서 만난 제비꽃은 유독 빛깔이 깊었다. 꽃 자체로도 가이없이 아름다운데 그 공간의 고요가 더욱 묵언의 향기를 자아냈다.

오가며 무덤에서 꽃을 찍었지만 일부러 찾아간 건 타래난초 때문이었다. 그 묘지에는 꽃이 많았다. 망초는 새하얀 천사의 날갯짓처럼 묘지를 온통 감싸안았다. 무덤 사이를 지나며 타래난초를 찍다 보니 미풍에도 흔들리는 꽃이 있었다. 아슬아슬한 줄기로 서 있던 꽃, 산해박이었다.

알고 보니 이 꽃의 꽃말은 묘지에 가장 적절한 것이었다. '먼 여행' 미처 알지 못했던 세계를 만났다, 산해박이라는 꽃! 무

묘지에서 만나는 '먼 여행'(산해박, 수원 칠보산)

덤에서 만나는 '먼 여행'이라는 꽃말은 이미 먼 여행을 떠난 이들의 집에서 언젠가 떠나게 될 먼 여행을 예감하게 한다. 가뜩이나 진지할 수밖에 없는 무덤에서 조금 더 숙연해지고 있었다. 너무 가물어선지 가늘디가는 줄기에 제대로 붙어 있는 잎마저도 없었다. 잎도 찢겨져 나간 여린 줄기로 꽃과 열매를 이고 선 줄기가 아슬아슬해 보였다. 산해박은 뱀이 출몰하는 따뜻한 초지에 피고, 만에 하나 문제가 생겼을 때 독으로 치료해주는 약용 식물이다.

애기풀도 반가운 꽃이다. 그런데 이름과 꽃이 별로 어울리지 않는다. 왜 그런 이름이 주어졌을까 궁금한데 꽃말은 더욱 뜬금없다. '숨어 사는 자'라니, 이 '애기'한테 숨어 사는 자라니.

숨어 사는 자는 홀로 고독한 자다. 모나쿠스(mónăchus), 수도자가 바로 그렇다. 그는 에르미타주(Hermitage)에 산다. 상트페테르부르크에 있는 그 거대하고도 아름다운 박물관과 같은 이름이다. 러시아 제국의 그 엄위한 궁전 이름이 '은둔처'라는 걸 알았을 때 좀 웃었다. 러시아에서는 이 정도의 규모가 '암자'라고? 무덤가에서 애기풀을 찍다가 알렉산더 소쿠로프(Aleksandr Sokurov)의 영화 〈러시아 방주〉(2002)까지 생각의 여행을 한다.

애기풀은 작지만 혼자 피지 않는다. 줄기마다 여러 개의 꽃이 같이 핀다. 숨어서 피지도 않고 홀로 은둔하지도 않는다. 무덤가에 피는 꽃의 꽃말로는 어울리지만 꽃 자체와도 그다지 맞지 않다. 무슨 맥락에서 이런 꽃말이 회자되어온 걸까. 살아가는 내내 참 많은 역설을 만나지만 무덤가에 피는 애기풀의 화사한 표정도 역설의 장면이다. 고귀한 자색으로 피는 이 꽃은 깊고도 매혹적인 의상을 하고 무덤가에 핀다. 아마도 볕이 잘 드는 곳을 찾다 보니 나무그늘이나 잡초가 없는 무덤가에 자라게 된 모양이다.

무덤에서는 구슬붕이와 솜나물을 찍고 영국병정지의(꼬마붉은열매지의)도 만난다. 어느 날은 아주 작은 꽃을 찍었는데 며칠

이렇게 고운 풀이라니!(애기풀, 남양주 동막골)_ 위
참 예쁜 꽃, 타래난초(수원 칠보산)_ 아래

후에야 이웃 블로그에 갔다가 이름을 알게 되었다. '주름잎', 누군가의 무덤가에 피었던 그 주름잎의 꽃말이 조금 슬펐다.

무덤가에 핀 주름잎

꽃말이
나는 너를 잊지 않는다

이 밤, 네가 주는 말 한마디
또 슬프다

내가 너를 잊지 않는다

타래난초 만나러 갔다가 우연히도 만난 여러 꽃들, 무덤에 피는 꽃들은 다정하게 생과 죽음을 들춰주었다.

무덤에서 피는 타래난초는 뜻밖에 아름다웠다(칠보산)

초원의 빛이여, 꽃의 영광이여

여기 적힌 먹빛이 희미해질수록
당신을 사랑하는 마음 희미해진다면
이 먹빛이 마름하는 날
나는 당신을 잊을 수 있겠습니다.

우리에게 알려진 시 〈초원의 빛〉은 조병화 시인이 의역해서 더 소녀소녀 한 문장으로 시작됐다.

윌리엄 워즈워스(William Wordsworth)의 이 시는 영화 〈초원의 빛Splendor In The Grass〉(1961) 덕분에 더 많이 알려지고 더 많이 기억되었다. 1920년대 미국 캔자스의 작은 마을이 배경이니 지금과는 참 많은 것이 다르다. 영화의 갈등구조도 그렇다. 불과 얼마 전까지 우리 사회가 그랬던 것처럼 여성들에게 너무나 당연히 순결이 요구되던 사회상이 영화의 주된 갈등 요소 중 하나였다.

나탈리 우드(Natalie Wood)가 열연한 '디니'와 워렌 비티(Warren Beatty)가 맡은 '버드'는 한마을에 살며 같은 고등학교에 다니는 연인이지만 당시 사회의 도덕적 억압 등으로 갈등을 겪으며 이별을 맞게 된다. 결국 디니는 신경쇠약으로 병원 신세를 지면서 상처를 치유해가고, 버드는 아버지가 바라는 대로 대학에 갔지만 방탕한 생활을 한다. 그토록 서로에게 간절했던 연인의 삶이 이제 평행선을 긋는다. 풋사랑이었지만 너무도 순수하고 깊었던 사랑으로 힘들던 시간이 지나고 디니가 드디어 병원을 나서던 날, 의사가 묻는다.

"버드를 만날 거니?"
그리고 답을 말해준다.
"때로는 두려움에 맞서야 아무렇지 않게 될 수 있단다."

영화의 마지막 장면에서 버드를 만나고 돌아서며 디니는 윌리엄 워즈워스의 시를 읊조린다. 고교 시절의 어느 날, 사랑의 고통으로 어찌할 바를 모르던 디니에게 선생님이 일어나서 읽으라고 했던 바로 그 시였다.

"…초원의 빛 꽃의 영광 그 시간들을, 다시 불러올 수 없다 한들 어떠랴.

우리는 슬퍼하지 않으리, 오히려 뒤에 남은 것에서 힘을 찾으리라….”

그날 디니는 시를 낭송하다가 견딜 수 없는 슬픔으로 뛰쳐나갔다. 하지만 영화의 마지막 순간에 다시 읊조리는 그 시구는 마음속 깊은 곳으로부터 메아리로 돌아온다. 이제 소녀가 아닌 디니는 “지나간 것은 지나간 대로” 의미가 있다는 걸 알아차린 걸까?

이 시는 독립적인 작품이 아니라 〈어린 시절을 회상하며 불멸성을 깨닫는 노래〉라는 장시의 일부인데, 디니가 읽은 부분은 이렇게 이어진다.

……

우리는 슬퍼하지 않고 남아 있는 것에서 힘을 찾으리라
이제까지 있어 왔고 또 존재할 시적 감수성을 통해

마음을 위무하는 생각은 인간의 고통에서 솟아난다

죽음을 겪고서야 비로소 보게 되는 신앙을 통해서
그리고 지혜를 가져다주는 세월을 통해서

봄날의 설렘이 지나고, 초여름 신록의 눈부심도 사라진 자리에서 문득 디니가 읊조린 시가 마음에 와서 박힌다. 눈부신 시간이 지나가버린 지금, 남은 것들에서 힘을 찾아야 한다는 시구를 떠올린다. 계절의 끝자락만이 아니라 삶의 자리에서도 마땅히 그럴 것이다.

하지만 디니에게 버드를 만나는 일이 두려움이었던 것처럼 종종 지난날을 대면하는 일도 두려움이다. 분명히 위로와 기쁨만이 아니라 실패와 슬픔의 자취가 너덜너덜하기도 하니까. 그

우리는 슬퍼하지 않고 남아 있는 것에서 힘을 찾으리라(석양의 꽃들, 서울숲)

럴 때 또 누군가의 글이 손을 내밀어준다.

"내 인생은 순간이라는 돌로 쌓은 성벽이다. …나는 안다. 내 성벽의 무수한 돌 중에 몇 개는 황홀하게 빛나는 것임을. 또 안다. 모든 순간이 번쩍거릴 수는 없다는 것을. 알겠다. 인생의 황홀한 어느 한순간은 인생을 여는 열쇠 구멍 같은 것이지만 인생 그 자체는 아님을."

성석제가 《번쩍하는 황홀한 순간》에서 담담하게 나눠주는 말에 기대 한때 눈부셨던 내 안의 기억들과 그 그림자까지도 겸허하게 바라볼 힘을 얻는다.

이제는 종종 가을 같은 서늘한 바람이 스친다. 초원의 빛이여, 꽃의 영광이여, 모든 게 떠나고 난 숲에서 지난날을 고마워하며 내 안에 뿌려진 씨앗을 돌봐야겠다. 때론 초라하기도 하고 때론 안쓰럽기도 하지만 가장 먼저 지난 시간의 수고를 위로하며 나 자신을 다독이련다. "우리 다들 수고가 많았잖아요?"

그렇게 한걸음 한걸음 남겨진 것들, 뿌려진 것들을 잘 살펴 가보려 한다. 그것이 나이 듦의 미덕이자 능력이라는 생각을 하니 나이 드는 일이 꼭 슬프거나 두려운 것만은 아니라는 생각도 든다.

찬란함. 화양연화. 광채. 눈부신 한때. 청춘. 만개. 봄 지나고 여름도 지나가는 숲을 헤매며 마음에 콕콕 새겨지는 말들이다. 이제 해야 할 일은 '그 뒤에 남은 것들에서 힘'을 찾는 것! 꽃진 계절의 뒤안길에서 쓸쓸함만을 맞닥뜨리지 않기 위해서라도 애써봐야 할 시간이다.

네 장미에게 책임이 있어

꽃은 거기 피었다가 시나브로 진다

내가 꽃을 보는 순간

내 안에서 꽃이 살아나고

비로소 나의 꽃이 거기 피고 진다

꽃을 보는 일, 만나는 일이 특별해지는 건 이것 때문이다. 내가 찍은 사진보다 더 아름답고 멋진 사진은 무수히 많다. 그러나 내 사진 속의 그 꽃은 내가 만난 내 꽃이다. 불가역적인 사실이다. 나는 내 꽃에 책임이 있다. 사진 작품으로서, 혹은 꽃 자체의 기록으로서 부족하고 대수롭지 않을 수 있지만 나는 내 꽃을 그리워하고 기억해야 한다.

그에게 물을 주었던 책임, 그를 돌아보았던 책임, 그와 함께했던 책임. 어린왕자가 장미에게 가지는 책임은 행위하였으므로 발생한 것이다. 먼저 사랑했기 때문에 더욱 사랑하게 된

꽃은 시나브로 피었다가 진다(홀아비바람꽃, 광덕산)

책임이다. 꽃들에 대해서, 나도 책임을 느낀다. 내 기억이 된 꽃들을 책임져야 한다.

난 기어이 꽃을 보러 갔다. 시간과 마음을 챙겨 가까이 혹은 멀리로 찾아갔다. 내가 보았으므로 나의 꽃이 된 모든 꽃들. 그 순간 꽃과 나는 만났다. 적막한 우주의 한순간, 그 무엇도 그 누구도 개입할 수 없이, 모든 것이 완벽하게 텅 빈 적요에서 오직 꽃과 나만 존재했다. 그 순간에 대한 책임. 그 순간이 주는 책임은 꽃들이 주는 말, 꽃들이 주는 사랑, 꽃들이 가르쳐주는 것들로 마음의 자리를 넓히고, 그 마음의 자리가 꽃자리가 되게 하고, 꽃을 닮은 향기를 얻으라는 것이다. 그걸 기억하는 일이다. 꽃을 만나던 순간을 잊지 않고, 그 순간의 충일한 행복을 상기하며 새롭게 찬탄하고, 그 순간의 주인을 또 기억하는 일.

꽃을 만나는 순간은 총체적인 축제다. 빛과 꽃들과 바람의 교향악 속에 빛과 꽃들과 바람이 찬연하다. 뒤이어 찬미와 감사가 밀려든다. 꽃들과 함께하는 순간, 유일하게 은자가 된다. 내 안의 꽃들, 내 안의 빛들이 탄생한다. 부활한다. 우리가 비로소 어떤 관계가 된다. 우리가 비로소 서로에게 길들여진다.

성 목요일 밤, 예수님은 가장 낮은 자세로 제자들의 발을 씻겼다. 자기 차례가 되자 그 우직한 베드로가 "제 발을 씻기다니요? 다른 사람은 몰라도 저는 도저히 그럴 수가 없습니다."라며 극구 손사래를 쳤다. 그때 예수님이 말했다. "그렇다면 우리 사이에는 아무것도 없다." 발을 씻기는 행위는 사랑이었다. 너와 내가 어떤 관계가 되는 것이었다. 그것을 받아들이는 행위였다.

꽃은 거기 있었다. 그러나 나와는 상관이 없었다. 내가 다만 그곳을 스쳐 지났다면 여전히 그 꽃과 나는 아무 관계가 없을 것이다. 어쩌면 왕양명의 지인이 물었던 것처럼 꽃은 나와 관계없이 깊은 산속에서 피었다가 진다.

"마음 밖에는 사물이 존재하지 않는다고 했는데, 꽃은 산중에서 홀로 피고 집니다. 저 꽃이 내 마음과 무슨 관계가 있습니까?"

홀로 핀 장미는 아니지만(서울 대현산 장미원)

그런데 내 안의 꽃이 살아나는 것이다.

“저 꽃을 보기 전에 그대의 마음과 저 꽃은 아무 일 없이 그저 머물렀다. 그대가 저 꽃을 보는 순간 마음속에서 꽃빛이 선명해졌다. 그러니 저 꽃은 그대의 마음 밖에 존재한 게 아니다.”

심즉리. 그 순간 내 안의 꽃이 꽃으로 존재하고, 너와 내가 길들여진다. 길들여지고 싶어진다.

너는 내게 그 순간의 ‘장미’가 된다. 나는 이제 어린왕자에게 여우처럼 말할 수 있다.

“저길 봐! 밀밭이 보이니? 나는 빵을 먹지 않아. 밀은 나한테 쓸모가 없어. 밀밭을 보아도 아무 생각도 떠오르지 않아. 좀

슬픈 일이지. 하지만 황금빛 머리카락을 가진 네가 날 길들인다면 밀밭은 내게 근사해질 거야. 밀밭이 너를 기억하게 해줄 테니까 나는 밀밭을 스치는 바람 소리도 사랑하게 될 거야."

나의 모든 '장미'들. 사랑하였으므로 행복하다. 길들여져 좋다.

나에게로 오는 첫 순간, 남바람꽃

지상의 양식

저녁을 바라볼 때는 마치 하루가 거기서 죽어가듯이 바라보라. 그리고 아침을 바라볼 때는 마치 만물이 거기서 태어나듯이 바라보라. 그대의 눈에 비치는 것이 순간마다 새롭기를, 현자란 모든 것에 경탄하는 자이다.

- 앙드레 지드, 《지상의 양식》

'현자'가 아니면 어떠랴. 내가 꽃의 말에 귀 기울이면 내 안에 꽃의 싹이 하나 돋는다. 꽃이 왔다 가는 여정의 한순간을 함께한다. 그 순간이 그렇게 고요해지고 영원과 주파수를 맞추면 마음의 번잡이 바람에 결을 얻는다. 아무도 들으려 하지 않았던 것들이 들리기 시작한다. 내 생으로 온다.

"이 기적은 도대체 무엇이지요? 이 신비가 무엇이란 말입니까? 나무, 바다, 돌, 그리고 새의 신비는?" '그리스인 조르바'가 발화한 이 말들은 니코스 카잔자키스의 것이다. 그는 아름다운 시도 남겨주었다. "어느 날 편도나무에게 말했다. '나무여, 신에 대해 이야기해다오.' 그러자 편도나무는 활짝 꽃을 피웠다."

그에게 꽃은 신의 현현이다. 생명의 현현이다. 그에게는 매 순간의 모든 것이 생생하게 존재한다. 그러니 그 안에 내재한 어떤 힘이라거나 신비 같은 것을 만나게 되는 것이다. 그가 좋아했던 아씨시의 프란치스코처럼.

프란치스코 교황님도 경탄에 대해 말씀하셨다. "새로움에 마음을 열지 않고, 특히 경탄하지 않고, 하느님의 놀라움에 마음을 열지 않으면, 신앙은 서서히 꺼져가서 하나의 습관, 사회적 습관이 되는 지루한 후렴구처럼 변합니다… 놀라움은 그 만남이 습관적인 것이 아니라, 참되다는 보증서 같은 것입니다."

경탄한다는 건 깨어 있다는 말이기도 하다. 내가 나로서 그 순간에 존재할 때 다가오는 것들을 온전히 만나게 된다. 매번 피는 꽃이지만 매번 새롭게 만나는 꽃이 된다. 그러니 꽃을 보며 오늘도 콩닥콩닥 설레는 나는 꽤 행복한 사람이다. 오늘도 꽃 앞에 선 나는 꽃에 대해서는 진실하다는 보증서를 들고 선 셈이다. 그 순간 꽃이 내게로 온다. 눈에 보이지 않는 것을 보고 들리지 않는 것을 듣고자 할 때 꽃은 하루를 살아가는 양식이 돼 준다. 어느 날은 바람이, 어느 날은 슬픔이, 어느 날은 그리움이 하루를 살게 하는 것처럼 또 어느 날은 꽃들이 지상의 양식, 지상의 길동무, 지상의 스승이 된다.

모든 꽃이 장미가 되려고 하면
봄은 그 사랑스러움을 잃어버릴 거예요

꽃을 만나고 꽃을 찍는 일은 목표가 있거나 할당량이 있는 게 아니다. 온전히 내 마음의 충족일 뿐이다. 그래서 산에서 내려올 때쯤이면 늘 평안한 상태가 된다. 그러다 또 문득 묻는다. '내가 이렇게 좋아도 되나? 이렇게 편해도 되나?'

우린 참 가진 게 없었다. 가진 게 없었을 뿐만 아니라 '있었던' 것마저 제대로 누리지 못하고 살았다. 너나없이 힘겹다는 걸 알았기에 서로의 '없음'을 연민하고, 그럼에도 작은 것에 고마워할 수 있었다. 그런 기억들이 잠재의식으로 남아서 그런 건지도 모르겠다. 여전히 누군가는 힘들 텐데, 여전히 사람들은 크고 작은 아픔으로 신음할 텐데 이렇게 꽃길에서 마음의 충족을 즐겨도 되나…. 어쩌면 그런 물음으로 내 기쁨을, 내 행복을 정당화하려는 건지도 모르겠다는 생각이 들기도 한다.

…난 이만큼은 힘들어하고 있어. 난 이만큼은 남 생각, 세상 생각도 하며 살아. 나만 행복하면 된다고 생각하며 사는 건 아니야….

인스타그램이 '자기자랑'이란 걸 너도 알고 나도 알면서도 실시간으로 전해지는 누군가의 '자랑질'에 금세 마음이 시끄러워지고 마는 세상이다. SNS를 보면, 나만 빼고 모든 지인이 다 해외여행 중이고, 나만 빼고 모든 사람이 근사한 곳에서 먹방을 하고, 나 말고는 모두가 반짝이며 사는 거 같다고들 한다. 과장인 줄 알면서도 부러워하고, 세상의 모든 부와 권력과 '부자 부모'와 '멋진 연인'들로 인해 마음에 가시가 박히곤 한다. 참 행복하게 사는, 많은 것이 풍요해서 별 걱정 없이 사는 듯한 모습에 우울해지기도 한다.

하지만 지구상의 수십억 인구는 살아가는 양상이 저마다 다르다. 완벽하게 만족하고 행복한 사람도 없지는 않겠지만 그 또한 들여다보면 '상처 없는 영혼이 어디 있으랴!' 사람의 욕망 또한 끝을 모르는 것이어서 아흔아홉 개를 가진 사람이 딱 하나 가진 사람의 것을 탐하기도 하는 게 현실이다. 할 수만 있다면, 지금 내 조건에 만족하며 살아가는 것이 가장 부유하고 지혜로운 삶의 자세다. 그게 쉽지 않아서 문제일 뿐.

스스로를 '작은 꽃[小花]'이라고 부른 프랑스의 가톨릭교회

봄이면 어디서나 볼 수 있는 별꽃, 참 흔하지만 참 예쁘다.

성녀가 있다. 이 세상에서 한 송이 작은 꽃처럼 피었다가 지는 것이 그의 최선의 사랑이었다. 같은 이름을 가진 콜카타의 테레사 수녀가 세상에 큰 영향을 끼친 것과 달리 프랑스의 테레사는 봉쇄수녀원에서 짧은 생을 살다 갔다.

소화 테레사는 수도원에서 몸이 불편하거나 연로한 자매의 식사나 이동을 돕는 일을 했다. 나이 들고 아픈 사람들은—봉쇄수도원에서 평생을 살았음에도—쉽게 불평하고 짜증을 내곤 했지만, 테레사는 "항상 미소를 잃지 않았다." 동료 수녀에게 모욕을 당할 때에도 하느님을 생각하며 이를 받아들였다. 말 그대로 '하느님 때문에' 참고 '하느님 때문에' 고마워하고 '하느님 때문에' 사랑하고 그렇게 살다 갔다.

생각해보면 테레사의 인생도 마냥 평화로운 건 아니었다. 무엇보다 너무 어린 날 엄마와 헤어졌다. 다섯 살도 채 못 돼 엄마가 세상을 떠난 후 엄마처럼 사랑을 주던 둘째언니마저 수녀원에 들어가자 테레사는 병에 시달렸다. 기적처럼 병이 나은 후에는 그리운 언니들이 사는 수녀원에 들어가고 싶었지만, 너무 어린 나이여서 몇 해를 기다려야 했다. 테레사는 조금이라도 어른스러워 보이려고 머리를 시뇽 스타일로 잔뜩 틀어올리기도 했다. 우스꽝스럽기도 한 그 사진을 보면 테레사가 정말 사랑스러워 보인다. 다른 어른들 눈에도 역시 그랬을 것이다. 로마로 여행을 갔을 때 교황님을 뵙게 된 테레사는 다짜고짜 그에게 수녀원에 들어갈 수 있게 해달라고 청하기도 했다. 그때 교황님은 "하느님이 원하신다면 그렇게 될 거야."라고 했는데 이를 알게 된 교구 주교가 특별히 허가해 테레사는 열다섯 살에 수녀원에 들어갔다.

그렇게 바랐던 수도원 생활을 시작한 지 10년이 되기 전에 그는 폐결핵에 걸려 죽음을 맞았다. 스물넷, 청춘이었다. 세상의 눈으로 볼 때 그는 행복한 사람인가, 행운을 누린 사람인가. 그가 세상을 떠난 후 뜻밖에 그의 일기가 엄청난 반향을 일으켰다. 아직 프랑스 혁명의 여파가 남아 있던 사회에 테레사가 살다 간 '작은 길'은 오히려 신선한 충격이었다. 마치 잔다르크가 전쟁에서 프랑스를 구한 것처럼 소화 테레사는 영적인 폐허에서 그들과 함께 작은 꽃으로 피어났다.

작은 꽃을 눈에 담듯이, 꽃과 눈을 맞추듯이 자신의 말과 생각과 행위를 찬찬히 바라보는 일, 그 모든 순간에 하느님을 생각하는 일, 결코 쉽지 않지만 테레사는 그렇게 했던 것 같다. 누구나 할 수 있지만 모두가 하지는 않는 일, 아무나 가지 않는 '작은 길', 그래서 성녀가 된 것이다.

그 성녀가 이런 말을 했다. "모든 작은 꽃이 장미가 되려고 하면 봄은 그 사랑스러움을 잃어버릴 거예요." 그는 무수한 꽃들이 세상에 피어나지만 가장 작은 꽃조차 고유한 아름다움을 가지고 핀다는 걸 깨달았다. 모든 꽃이 아름답다는 걸 알게 되었다. 자연 안에서 그는 영혼들의 세계에 대해서도 알아들었다. "장미의 화려함과 백합의 순수함이 제비꽃의 향기나 데이지의 단순한 사랑스러움을 빼앗아 가지 않습니다."

꽃을 보면 그의 이 말을 더 잘 알아듣게 된다. 겹겹이 신비로운 장미든 제대로 보기가 어려울 만큼 작은 개구리자리든 꽃들은 온전한 자기 자신으로 핀다. 작은 꽃이라고 어딘가 부족하거나 엉성하지 않다. 테레사는 모든 꽃이 그 자체로 완벽하게 아름다우며, 꽃이 그렇듯 사람의 영혼도 그렇다는 걸 알아들었다. 스스로 작다고 말해도 상관없을 만큼 그는 자신이 아름답고 사랑받는 존재라는 걸 믿었다. 그래서 자신을 가장 작은 꽃이라고 말한 것이다. 요즘 말로 하자면 그는 자존감이 높은 사람이었다. 그가 알게 된 사실을 우리도 알게 된다면 그처럼 주어진 상황에 만족하고 사랑으로 살 수 있을까? 내가 가지고 있는 것, 내가 나라는 사실만으로 힘을 얻어서 타인의 삶 때문에 흔들리지 않는다면, 그의 이런 말이 위로가 될 수 있을까?

장미와 백합이 피고 제비꽃과 데이지가 피는 자연처럼 서로 다른 우리가 살아가는 세상이다. 네가 있어서 내 삶의 배경이 더 다채롭다. 나도 너에게 반갑고 좋은 배경이 되고 싶다. 많은 것이 다른 우리가 봄날 들판의 꽃들처럼 어우러져 조화롭게 살 수 있다면!

산을 내려올 때쯤 이런 생각을 하게 되는 건 꽃을 만나고 들여다보고 귀 기울이며 그만큼 마음이 여유를 찾았다는 얘기다. 나름대로 가벼워져서 사람들의 세상으로 돌아오는 거다.

꽃이 온 길은 '꽃길'이 아니다.

꽃들은 어둠과 비바람 눈보라와 추위와

길고 긴 기다림으로부터 온다.

그 길 끝에서 우리 앞에 '꽃'으로 핀다.

2
내가 아는 꽃,
나를 만난 꽃

봄, 찬란한 예배

꽃은 침묵한다.

그런데 누구든 어떤 말을 알아듣는다.

침묵 안에서 알아듣는 말은 늘 귀하다.

영원이라는 침묵에서 태어난 말들이

꽃들 안에, 꽃이 핀 숲속에 있다.

논과 습지에서 자라는 매화마름은 봄날 매화처럼 아름답지만 점점 서식지가 줄어들어 멸종위기 야생생물 2급으로 지정되었다(인천 강화도)

내사랑 못난이, 너도바람꽃

사람들은 꽃들에 대해 저마다 다른 느낌을 갖는다. 너도바람꽃은 유독 반응이 엇갈리기도 하는 꽃이다. 누군가 너도바람꽃이 안 이쁘다고, 못생겼다고 했을 때 내 속내를 들킨 것 같았다. 처음, 너도바람꽃을 만났을 때 비슷한 생각을 했었다.

매서운 추위가 완전히 가시지 않은 이른 봄, 때로는 복수초보다 먼저 꽃을 피워 올리는 너도바람꽃은 눈 속에서 추위를 뚫고 피는, 꽃이라기에는 너무나 연약해 보이는 꽃잎을 가지고 있다. 혹한을 거치며 피다 보니 찢어진 꽃잎을 많이 보게 되는데, 꽃잎 안에 있는 두 개로 갈라진 노란색 꿀샘이 이 꽃을 금세 알아보게 하는 특징이기도 하다. 아직 찬바람이 불어오는 산자락에서 머리 위에 샛노란 화관을 빙 두르고 있는 우유빛깔 꽃을 만나면 물어보라. "너도 바람꽃이니?"

그런데 그 노란색 화관이 꽃잎이다. 꽃잎이라고 부르는 건 꽃받침이라고 한다. 왜 꽃잎처럼 보이는 것을 꽃잎이라고 부를

샛노란 화관을 빙 두르고(너도바람꽃, 천마산)

수 없는 걸까.

때로는 채 녹지 않은 눈길에서 너도바람꽃을 만나기도 한다. 혹은 이미 핀 꽃 위로 눈이 내리기도 한다. 뿌리는 단단하게 터를 잡았겠지만 꽃은 바람과 햇빛과 짐승의 발길에 채이기도 한다. 심지어 눈발에 찢기기도 할 것이다. 그래서 이 꽃과 찬찬히 만나다보면 묻고 싶어진다. 넌 어떤 세계에서 온 거니. 얼마나 애를 쓰고 꽃을 피운 거니. 특히 역광으로 거의 투명하게 비치는 꽃잎에서 상처라도 보일라치면 이 작고도 여린 꽃이 씨앗으로부터 지난한 인내로 뿌리를 내리고 마침내 꽃을 피운 시간이 참으로 대견해진다.

채 녹지 않은 눈길에서 너도바람꽃(세정사 계곡)

저렇게 찢어진 잎으로, 저렇게 휘어진 줄기로, 저렇게 그득한 빛을 머금고 어둠 속에서 제 목숨 피워 올리는 꽃을 보면 이쁘다, 사랑스럽다… 감탄밖에 할 수 없다. 나는 꽃들의 분투로 찾아와주는 또 한 번의 봄에 숟가락을 얹고 있다. 자격도 없이 봄이 차려주는 환희의 식탁에 초대를 받은 것이다.

너도바람꽃을 만나면 정말 못난 나보다 백 배는 더 멋진 꽃 앞에서 살짝 부끄러워지기도 한다. 꽃이 온 길은 '꽃길'이 아니다. 꽃들은 어둠과 비바람 눈보라와 추위와 길고 긴 기다림으로부터 온다. 그 길 끝에서 우리 앞에 '꽃'으로 핀다. 봄이 오면 어김없이 못난이 너도바람꽃을 만나고 진짜로 못난 내 모습을 또 바라본다. 어둠과 길고 긴 기다림과 매일 만나는 눈보라 앞에 나는 너도바람꽃만큼 살았던가. 나라면 꽃을 피울 수 있었을까.

천마산에서, 세정사 계곡에서, 광덕산에서 봄이면 반갑게 만나는 너도바람꽃은 내게 여전히 못난이다. 애잔해서 더 마음이 쓰이는 '내사랑 못난이'

봄은 바람꽃으로부터 온다

너도바람꽃뿐이랴. 봄에 피는 꽃은 다들 깊은 겨울 혹한의 어둠 속에서 죽음 같은 인내를 거쳐 피어난다. 바람꽃이라는 이름이 붙은 꽃들은 봄 내내 피고진다. 얼핏 보아도 꿩의바람꽃, 회리바람꽃, 만주바람꽃, 홀아비바람꽃, 들바람꽃 등 참 많은 바람꽃들이 우리 곁에 머물다 간다.

봄은 바람꽃으로부터 온다(홀아비바람꽃, 광덕산)

너도바람꽃이 피어나면 같은 너도바람꽃속에 속하는 변산바람꽃과 풍도바람꽃이 덩달아 꽃을 피운다. 너도바람꽃이 한없이 연약해 보이는 꽃이라면 변산바람꽃은 조금은 더 단단한 느낌이다. 변산바람꽃은 마치 볼에 다나카를 바른 미얀마 소녀처럼 단아하다.

늘 거기 있었구나, 변산바람꽃

미얀마에 가고 싶었던 건 소녀 때문이었다. 더 정확하게는 우연히 본 소녀의 사진 때문이었다. 볼에 다나카를 바른 단발머리 소녀가 무척 보고 싶었다. 변산바람꽃을 처음 봤을 때 꼭 그 소녀를 보는 것 같았다. 소녀는 참 단아했고 이 꽃도 정말 단아했다. 나는 여전히 아직 가보지 못한 나라의 소녀를 보듯이 변산바람꽃을 본다.

변산바람꽃을 보러 여러 차례 수리산에 갔다. 때로는 막 피어나는 중이었고 또 언제는 떠나가고 있을 때였다. 그런데 어느 날, 가장 멋지게 피어나는 순간을 만났다. 꽃은 늘 그렇게 피었다가 지는데 그 적절한 시기를 맞춰 간다는 건 쉬운 일이 아니다. 그래서도 그날 꽃들 속에서 행복했다.

이 작은 꽃들이, 사람 사는 세상의 요지경과는 상관없이 한 철 무겁게 내려앉은 낙엽들 틈으로 빼꼼 얼굴을 내밀고 피어나는 걸 보며 그 옛날 이 마을에 살았던 사람들 생각이 났다. 186년 전 이 마을에 천주교 신자들이 들어왔다. 그들은 박해를 피해 이 땅에서 담배를 키우며 먹고살았다. 김대건 신부에 이어 우리나라 두 번째 사제가 된 최양업의 아버지가 마을을 일구고 사람들을 모아 교우촌을 가꿨다. 원래 충청도 청양 다락골에서 남부럽지 않은 집안이었던 최경환 일가는 아들이 천주교 신학생으로 마카오로 떠난 후 무수한 고발 때문에 고향을 떠나 유랑해야 했다. 그러다 수리산 병목골에 자리를 잡았다.

하지만 1839년 결국 포졸들이 들이닥쳤다. 최경환과 아내 이성례는 물론이고 젖먹이 막내까지 모두 일곱 식구가 옥에 갇혔다. 최경환은 곤장을 맞은 후유증으로 옥사하고, 아이들 생각에 잠시 배교했던 이성례는 다음해 당고개에서 참수됐다. 어머니 참수를 앞두고 최양업의 네 동생이 온종일 동냥해 얻은 쌀자루를 메고 희광이를 찾아가 "우리 엄마 너무 아프지 않게 한 번에 하늘나라로 보내주세요."라고 부탁했다는 이야기는 생각할 때마다 놀랍다.

그들이 떠난 뒤 마을은 사라졌다. 1930년경 최경환의 무덤을 찾아 명동대성당 지하 묘지에 유해를 안치하고 그 일가가 살았던 집도 복원해 성당이 되었다. 보이지 않는 세계, 참된 길이요 진리요 생명인 예수님을 따라 천국을 그리워하며 살았던 사람들의 시간이 여기, 수리산 성지에 있었다.

다나카를 바른 미얀마 소녀 같은(변산바람꽃, 수리산)

가장 예쁘게 핀 변산바람꽃을 보다가 그때 최양업의 아버지도, 신자들도 이런 봄을 만났겠구나 싶으니 마음이 뭉클해졌다. 이 꽃들을 보며 창조주 하느님 생각에 행복한 마음이었겠구나 싶었다. 꽃이 오래오래전 혈육처럼, 친구처럼 반갑고 고마웠다.

그들이 감수한 삶은 대체 무엇 때문이었을까. 마치 출애급 전날 밤 히브리 백성들처럼 금세 또 떠날 준비를 한 채 살아야 하는 삶을, 그들은 왜 감당했던 걸까. 고되고 두렵고 내려놓고 싶은 십자가를 기어이 짊어지고 가도록 한 동력은 어떤 의미로든 사랑, 어떤 의미, 어떤 희망이었을 것이다. 보이지도 않고 잡을 수도 없는 존재가 내 안에, 온 세상천지에 그득그득 머무시고 세상 만물의 운행이, 그 질서가 그로 인한 것이라는 믿음이었을 것이다. 그의 사랑에 대한 확신, 그 사랑에 대한 희망이었을 것이다.

그들의 희망은 길고 깊고 어두운 겨울날, 꽃들의 희망과도 닮았다. 언제인지는 알 수 없지만, 이 세상의 모든 고통이 지나고 마침내 간절히 바라는 어떤 세상에 접어들 것이다. 영원한 복락을 누릴 우리의 본향으로 가자. 그곳은 꽃들의 고향이기도 하다. 꽃들이 온 곳, 꽃들이 돌아가는 곳. 우리도 그리로 돌아간다. 영락없이 최양업 신부가 노래한 '사향가'가 들린다.

"어화 벗님네야 우리 본향 찾아가세. 인간 영복(永福) 다 얻어도 죽고 나면 허사되고, 세상 고난 다 받아도 죽고 나면 그만이라. 아마도 우리 낙토(樂土) 천당밖에 다시 없네."

마지못해 지키는 약속이 아니라 온전한 자유로 선택한 부자유. 완전한 복종. 완전한 희망. 사랑으로 가능한 그 희망의 노래가 수리산에 배어 있다.

그 사랑을 알고 싶어졌다, 수리산의 꽃길에서. 생을 건 그 놀라운 믿음이, 그들의 마음이, 그들의 발자국이 배인 듯도 하여 수리산의 작은 봄꽃들이 더 사랑스럽고 애틋해졌다. 안녕, 기억을 품고 있는 꽃들아, 만나서 진심으로 반가웠어.

수리산에 깃들어 살았던 사람들, 그들의 생 역시 가장 빛나는 순간이었을지 누가 알까. 누군가의 빛나는 순간을 목격하는 일은 얼마나 놀랍고 행복한 일인지 꽃들을 돌아서며 또 생각했다.

제비꽃만큼이나 흔한 민들레.
그래도 귀한 하얀민들레(인천 강화도)

어디에나 있는, 어디서도 예쁜 제비꽃

제비꽃은 종류가 많다. 정말 많다. 우리나라에만 60여 종이 핀다고 하는데 제대로 알아볼 엄두가 나지 않아서 아직도 나는 그냥 다 제비꽃이라고 부른다. '오랑캐꽃'이라고도 불리던 그 꽃은 예나 지금이나 잘 자라고 널리 퍼져 있다.

제비꽃은 언제부터 어디까지 피어났던 걸까. 봄이 오면 가장 먼저 피는 꽃무리의 하나인 제비꽃은 사랑의 전령이기도 했다. '바이올렛'이라는 이름의 어원이 됐다는 그리스 신화의 슬픈 사랑 이야기도 전해지고, 이슬람의 이야기에도 이 작은 꽃이 등장한다. 좀 뜬금없지만 이 꽃은 나폴레옹의 꽃이라고도 불린다. 나폴레옹이 워낙 제비꽃을 좋아해 첫 아내 조세핀에게 늘 선물했고, 웨딩드레스에도 제비꽃을 새겼다고 한다. 그뿐만이 아니라 엘바섬으로 추방당할 때 '제비꽃이 피면' 돌아오겠다고 약속해 그 후 나폴레옹의 (정치적) 상징이 돼버렸다.

중세에 서양에서 제비꽃은 다양한 상징으로 전해졌다. 늘

제비꽃과 만나는 시간(강화 동검도)

조심스럽고 고요히 피고 지는 까닭에 '겸손, 겸양'의 이미지가 성모마리아를 가리키기도 했다. 그보다 더 강력한 상징은 그 고통의 쓰라린 색 때문에 예수님의 수난을 가리켰다. 예로부터 자색은 고귀하고 장엄한 색이었다. 그 가운데 청색이 조금 더 강한 제비꽃의 자색은 사순시기의 색이자 대림시기의 색이기도 하다. 수난의 색이자 기다림의 색, 제비꽃의 색이다.

무척 중요하고 각별한 사연도 갖고 있는 서양에 비해 우리에게 제비꽃은 조금 애잔한 느낌이다. 조동진의 〈제비꽃〉 이미지가 좀 컸던 건지도 모르겠다. 작은 키로 여기저기 옹기종기 피는 제비꽃을 눈여겨보는 사람은 그리 많지 않아 보인다. 영락없이 "…초라하고 가련한 이 꽃 …소녀는 다가와 눈길 한 번 주지 않고…" 짓밟히기도 하는 괴테의 〈제비꽃〉이 더 많아 보인다. 나 역시 어딘가로 제비꽃을 찾아간 적은 없었다. 제비꽃은 어디든 피어 있었다. 너무나 예뻐 발길을 멈춘 것도 여러 번이다. 그럼에도 제비꽃을 찍겠다고 일부러 목적지를 찾은 적은 없다. 늘 거기 있으니까, 어디에든 별 다를 바 없이 피어 있으니까. 이 작은 꽃들은 고궁에도 무수히 피어들 난다. 발밑에 흐드러지게 핀다. 그 옛날 궁궐에 사람들이 살 때도 그랬을까? 그 사람들이 보던 꽃을 오늘 내가 보고 있다고 생각하면 마음이 좀 묘해진다. 우리가 영원이라는 시간의 틈에서 우연히 만나고 있는 것이다.

성균관 문묘와 명륜당에도 제비꽃들이 무리지어 핀다. 아직 매화도 개나리도 피지 않은 봄날, 다정하게도 옹기종기 피어난다. 6월이 지날 무렵 제비꽃이 열매를 맺으면 개미들이 분주해진다. 씨앗에 붙어 있는 엘라이오솜(elaiosome)이 개미 유충에게 유익한 영양분이 되기 때문이다. 덕분에 제비꽃은 더 널리 씨를 퍼트리게 된다.

어느 날은 명륜당에 앉아 부산하게도 오가는 개미들을 보았다. 생각보다 빨랐다. 어릴 때도 개미를 지켜본 적이 있는데 그때도 그렇게 빨랐던가 싶었다. 개미는 12시간 일하는 동안 8분 정도 쉰다고 한다. 끝없이 달리는 개미가 시시포스 같아 보이기도 했다. 대체 왜 이렇게까지 해야 하는 걸까. 개미에게 한 생이란 어떤 것일까.

제비꽃과 개미를 바라보다가 좀 혼란스러워졌다. 목적이 되지도 못하는 이 작은 꽃과 개미를 보며 각자에게 주어진 삶이란 무엇인지, 왜 산다는 건 끝없는 수고의 연속이어야 하는지 알 수 없는 세상이 궁금해지다 보니 그런 사실을 너무나 생각하지 않고 산다는 의식을 하게 되는 것이다. 하긴 더 놀랍고 더 두려운 일 앞에서도 어떤 신비라거나 가치라거나 그런 비가시적인 의미 속으로 들어가는 게 낯익은 일은 아니다. 그럼에도 이런 순간은 조금 독특한 요구를 느낀다. 오래오래전부터 어디서나 피었던 꽃들의 요구, 꽃들이 알려주는 어떤 문이다.

무게를 배운다, 한계령풀

그러니까 우리는, 겨울을 지나온 자취로부터 샛노랗게 피어나는 꽃들을 만나는 것이다. 이즈음은 어디나 그렇지만 태백산 유일사 부근 한계령풀 군락지에도 다 바스라지지 않은 낙엽과 부유물들이 어지러이 쌓여 있어서 무척이나 정신없다. 찍어온 사진을 모니터에서 들여다보면 정말 생명력 가득한 폐허 그대로다.

산기슭에 엎드려 꽃을 찍다 보면 마치 거울을 들여다보는 것 같기도 하다. 가을 지나 겨울을 겪은 산속의 봄에는 광풍과 진눈깨비가 스친 자국이 완연하다. 몇 겹씩 쌓인 낙엽 아래에는 녹지 않은 눈까지 남아 있다. 혼돈과도 같은 그 풍경 속에 머물다 보면 어느 순간 저 정신없는 것들이 꽃들에게 양분이 되고 바람막이가 되고 생명의 배경이 되어준다는 사실에 뭉클해진다. 그리고 내 안의 온갖 정신없는 기억들, 흔적들, 부끄럽기도 하고 잘라버리고 싶기도 하고 말끔하게 치워버리고 싶은 마음

돌아와서야 본다, 꽃들의 무게를(한계령풀, 태백산)

의 장애물들도, 어차피 공존하고 있는 그것들도 내게 유익하게 작용하면 좋겠다는 생각을 하게 된다.

죽음과도 같은 긴 겨울로부터 자양분을 얻어 꽃을 피우는 식물들은 제 몫의 무게를 감당한다. 생명은 스스로도 감당해야 할 존재의 무게이다. 꽃들을 피워내는 저 배경이 과거로부터 자양분을 얻듯이 나 자신도, 우리 사회도, 그렇게 꽃을 피울 수 있기를 희망하게 된다.

돌아와서야 본다, 꽃들의 무게를
짊어진 한 생의 노정을

저토록 알알이 껴안은 또 다른 생들,
그래서 자꾸만 무거워진 어깨를
돌아와서야 본다

우리는 잃어버린 어떤 것들을
꽃들은 여전히 간직하고 있다
인내와 침묵, 숙명을 받아들이는 분투

쉽게도 포기하고 쉽게도 끊어버리고 쉽게도 떠나며 사는
쉽게도 잊어버리고 쉽게도 타락하고 마는

무엇보다 저 무게를,

한낱 꽃이 짊어진 생의 무게를

바라보는 것만으로도

무거운 생, 덩달아 짊어져야겠다는

서툰 다짐을 하게 하는 한계령풀

우리는 잘 알지 못하는 조건 속에서도 꽃들이 예쁘게 피어나는 걸 보면 꽃처럼 생을 감당해야 한다는 생각에 고개를 끄덕인다. 내가 처한 모든 것, 모든 부족함에도 불구하고 이 생이 구원의 여정이 되면 좋겠다. 구원은 결핍을 채워 완전해지는 일이다. 질병도 결핍이고 악한 마음도 결핍이다. 가난도 결핍이고 스스로를 사랑하지 못하는 상태도 결핍이다. 결핍의 충족, 결핍의 치유. 넘치는 걸 탐하는 것이 아니라 부족한 것을, 구원에 이르는 길에 필요한 것을 구하는 것이다.

"…허위와 거짓말을 제게서 멀리하여 주십시오. 저를 가난하게도 부유하게도 하지 마시고 저에게 정해진 양식만 허락해 주십시오."(잠언 30,8)

나는 구약성경 〈잠언〉에 등장하는 아구르처럼 기도할 주변

저토록 알알이 껴안은 또 다른 생들(한계령풀, 홍천 대학산)_ 위, 가운데
꽃 피고 눈 내리고(한계령풀, 태백산)_ 아래

머리도 못되지만, 가진 게 너무 없어 절대적 가난, 절대적 외로움, 절대적 슬픔과 절대적 그리움과 상처들로부터 여전히 부자유하지만 그래도 내 안에서 아구르의 기도는 어떤 지표가 되어준다. 내가 비록 가난하지만 인간의 상태에 있기를, 짐승보다 못한 욕망으로 비인간화되는 일은 없기를, 여전히 구원이 필요한 모두에게 연민으로 눈물지을 수 있기를. 그 순간 나는 아잔 차(Ajahn Chah) 스님의 오두막에 머문다.

그런 기도가 채워지려면 먼저 내 결핍을 알아야 한다. 그래야 무엇이 필요한지 청원을 할 수 있다. 가장 먼저 명약관화하게 했어야 할 일을 제대로 하지 않았다. 나를 들여다보는 일은 나르시시즘만이 아니다. 그것은 메두사의 얼굴을 마주하는 일이기도 하다. 진실을 대면하는 두려움, 죽음에 이를 수도 있을 만큼 치명적인 자신과의 대면. 그 순간들을 늘 피하며 지나온 시간은 두려움의 노예였다.

꽃에게 배운다. 오늘도 그렇다. 실은 꽃들을 만드신 하느님이 하시는 일이다. 그가 내게 좋은 교사를 보내셨다. 그나마 오늘은, 그가 하시는 말씀을, 그가 주시려는 양식을 아주 조금은 받아먹었다.

콜롬바, 매발톱꽃

언제부턴가 성북동 길상사 경내에 우리 꽃들이 심어졌다. 여름 가고 가을로 접어들 무렵에는 꽃무릇 소식에 많은 사람들이 찾아들곤 한다. 봄을 알리는 영춘화가 담을 타고 흘러내리는 풍경은 늘 반가운데 법정 스님 유해가 모셔진 진영각 앞 뜨락에서는 앵초도 핀다. 길상사에는 귀한 삼지구엽초도 피고 청매도 파르라니 피어난다.

요즘 꽃들은 옛날처럼 순서를 따라 피지 않는다. 개나리가 피고 백목련이 피고 자목련이 피고… 모란이 피고 작약이 피어나던 때는 지났다. 꽃들의 개화 시기가 기억에 있는 사람들은 참, 헛갈릴 수밖에 없다.

길상사에서 매발톱꽃을 보며 예쁘다고 생각했다. 그럼에도 그리 관심을 두지는 않았다. 그런데 중세에 매발톱꽃이 성모마리아의 슬픔을 의미했다고, 혹은 비둘기 모양의 꽃 때문에 '성령'을 상징하는 꽃이기도 했다는 기록을 보자 갑자기 마음이 끌

흔들리던 흔들리던 폭포 가 매발톱꽃(홍천 통마름 계곡)

리기 시작했다. 백합과 장미와 함께 성스러운 꽃으로 여겨졌다고도 하고, 꽃 안에 별 모양이 있어 악귀를 쫓는 힘을 가졌다고 전해지기도 했다. 꽃의 모양 덕분에 여러 가지 의미가 덧붙여졌던 것 같다. 그러고 보니 중세 회화에서 어렵지 않게 찾을 수 있는 무척 '유명한' 꽃이었다. 뜻밖이었다.

아마도 맨 처음 매발톱꽃을 본 건 나도제비란을 보러 간 홍천의 골짜기에서였다. 바위를 타고 쏟아지는 폭포 바람에 매발톱꽃이 흔들렸다. 사람들의 마을에서 멀리 떨어진 깊은 계곡이었다. 그리로 오가는 길에도 매발톱꽃이 쭉 길 따라 피어 있었다. 그토록 많은 꽃이 피고 있다는 게 놀라울 정도로 기세 좋게 핀 길이었다.

아마도 이름 탓이었을 것이다, 딱히 마음이 가지 않았던 것은. 왜 '매발톱'인가 말이다. 영어 이름 columbine도 '비둘기'라는 뜻의 라틴어 'columba'에서 왔다는데 말이다. 비둘기와 매는 상징적 의미에서도 거의 대척점에 있는 것 아닌가? 어찌 됐든 매발톱꽃에 그리스도교적인 의미가 많았다는 걸 안 후론 조금씩 꽃이 눈에 들어왔다. 내 마음의 변화가 좀 우습기도 했다.

생각해보면, 비둘기는 구약성경에서도 기쁜 소식을 전해주었다. 온 세상이 물바다가 되었다가 비가 멎은 후 이제나저제나 땅이 마르기를 고대하던 노아가 방주의 창을 열어 비둘기를 내보

길상사에는 매발톱꽃이 핀다

냈다. 저녁때가 되어 비둘기가 싱싱한 올리브 잎을 부리에 물고 돌아와 땅에서 물이 빠진 것을 알려주었다. 세상이 구원받았음을, 다시 시작해볼 수 있음을 알려준 게 비둘기였다. 무엇보다 비둘기는 삼위일체 하느님 성령의 상징으로, 예수님이 세례를 받는 장면이나 성령 강림 묘사에는 언제나 비둘기가 등장한다.

여전히 길상사에는 매발톱꽃이 고아하게 피어 있었다. 늘 피어 있던 적묵당 앞만이 아니라 심지어 극락전 맞은편, 늘 꽃무릇이 피는 자리에도 매발톱꽃이 흐드러졌다. 하얗고 파랗고 보랏빛인 매발톱꽃이 오후의 빛을 받으며 서 있었다. 뿐만 아니라 은방울꽃과 큰으아리와 흰함박꽃까지 피었다. 연등도 환한 길상사, 부처님 오시기 전에 꽃들이 미리 축제를 알리는 모양이었다.

어느 해 4월,
선물처럼 내리던 눈 속의 깽깽이풀(가평 논남기 계곡)

숲속의 왕녀, 깽깽이풀

시샘하듯 꽃들이 피어나는 4, 5월에 인적 드문 산길 어디쯤 혹은 누군가의 무덤 가까이에서 이 꽃을 만나는 건 정말 행운이다. 아직 무채색 풍경 속에 깽깽이풀이 피어나면 문득 숲이 품위를 얻는다. 6~8장의 연보라색이나 하얀 꽃이 피어나고 수술과 암술 한 개가 드러나는데, 수술의 꽃밥은 노란색인 것도 있고 자주색인 경우도 있다.

꽃이 핀 후 뿌리에서 돋아나는 잎은 반으로 접힌 형태로 자주색을 띠며 올라오다가 점차 잎을 펼친다. 잎 가장자리는 부드러운 물결 모양으로 리드미컬해 보인다.

깽깽이풀은 숲속 햇살이 오가는 곳에서 잘 자란다. 하지만 나무가 너무 우거져 빛을 못 받으면 낭패다. 빛이 잘 드는 숲속 어느 정도의 여백을 배경으로 피는 덕분에 눈부신 빛 속에서 깽깽이풀을 만날 수 있다.

깽깽이풀은 개미를 이용해 씨를 퍼뜨리는 개미살포식물이

숲속의 여백을 배경으로 깽깽이풀(홍천)

다. 꽃도 잎도 다 떨군 5월 말이나 6월 초가 되면 다 익은 열매가 벌어지는데 그 안에 든 씨앗에 엘라이오솜이라고 불리는 달콤한 밀선이 있어서 개미들을 유인한다. 개미들의 자취를 따라 씨가 땅에 떨어져 번식하게 되는 것이다.

그런데 깽깽이풀이라는 이름은 어디서 비롯되었을까. 얼핏 듣기에도 여러 가지 이야기들이 전해져 온다. 먼저 이 꽃이 꽹과리를 치며 농사를 독려하던 모내기철에 피어나는 까닭에 깽깽이라는 이름을 얻었다고도 하고, 강아지가 이 풀을 먹으면 취해서 깽깽거린다고 하여 붙여졌다는 근거 희박한 유래도 있다. 또한 우리 악기인 해금이나 바이올린을 낮춰 부를 때 '깽깽이'라고 했는데, 이 꽃이 그 악기들의 선율처럼 아름다워 얻은 이름이라고도 한다.

아무튼 이 격조 있는 꽃무리를 바라보다 보면 또다시 물어보고 싶다. 이토록 고혹적으로 우아한 꽃에게 '깽깽이풀'이라는 이름을 붙인 이는 무슨 생각이었는지를. '깽깽이'라는 단어의 어감이 조금 가볍고 부박하게 들리는 탓도 있을 것이다. 그러나 사람들의 마을에서는 쉽게 만날 수 없는 이 꽃은 마치 다이애나 스펜서가 묻혀 있다는 고적한 호숫가 무덤처럼 어떤 신비로운, 조금은 쓸쓸한 처연함까지 풍기며 그 공간을 독특한 세계로 편입시킨다. 깽깽이풀은 번잡한 사람들의 시간으로부터 살짝 비켜서 머물게 한다.

깽깽이풀은 번잡한 사람들의 시간으로부터 살짝 비켜서 머물게 한다(가평 논남기 계곡)

그러나 깽깽이풀도 약탈자의 손길은 피하기가 어렵다. 예로부터 약으로 쓰이던 뿌리 때문에 약재상들이 캐가기도 하고 야생화를 판매하는 이들이 훼손하기도 한다는 얘기를 들었다. 한편으로는 너무나 울창해진 숲이 깽깽이풀의 생장에 좋지 않은 영향을 끼치기도 한다. 지난해 봤던 자리에서 또다시 꽃을 보게 되는 건 안도의 한숨을 쉬게 되는 행운이다. 꽃을 찾아다니는 일이 때론 상실과 슬픔의 길이 되기도 한다.

아름다우나 한없이 연약한 꽃,

바람 불면 날아갈 것처럼 여린 이 꽃,

너무나 짧은 시간 피었다가 홀연히 지고 마는 깽깽이풀은
영원의 여정 안에서
너무나 짧은 인생을 비춰주는 거울이기도 했다.
그것은 자주색 종소리.

오후였다.
해가 기울어가는 시간,
삼종이 울렸다.

전 세계에서 우리나라에만 자생하는 모데미풀은 소백산과 태백산 등 사람들의 마을과는 멀리 떨어진 곳에서 핀다(횡성 청태산)

얼레지의 엘레지

얼레지라는 꽃. 참 늦게 알았다, 이런 꽃이 있다는 것도! 화야산에서 처음 이 꽃을 봤을 때 그 화사한 모습이 조금 낯설었다. 이름 때문에 '얼레지'라는 단어가 금세 떠올랐는데 그 단어의 느낌과도 너무 거리가 멀었다. 봄이 무르익으면 예봉산 세정사에는 계곡 따라 얼레지가 무수히 피고 진다. 한창일 때는 계곡이 얼레지빛으로 물든다. 다정하고 달콤한 봄빛. 자연스럽게 마음을 물들이는 온기 어린 추억.

얼레지는 잎에 얼룩얼룩 무늬가 있어서 얼레지라는 이름을 얻었다. 영어 이름은 Dog-tooth Violet, 개이빨 제비꽃이다. 그런데 제비꽃과는 상관이 없는 백합과 식물이다. 꽃잎이 젖혀졌을 때 보이는 무늬가 개 이빨처럼 보여 붙여진 이름이라고들 하지만 그보다 길쭉하고 하얀 구근이 개 이빨을 닮아 얻은 이름이라고 한다. 얼레지가 한창 피어날 무렵 산자락 주민들은 아직 여린 얼레지순을 뜯어 판다. 봄날 피어나는 많은 식물이 그렇듯이 얼레지순도 나물로 먹는다.

얼레지의 꽃말은 '바람난 여인'이다. 아마도 한낮에 꽃잎이 들어 올린 모양이 돼서 그런 꽃말을 얻은 것 같은데 사실 이 꽃은 더할 나위 없이 조신하다. 심지어 때로는 '엘레지'가 흐르는 풍경 속 고독한 여인을 보는 느낌이기도 하다. 얼레지는 이른 아침에는 마치 기도하는 사람처럼 고요히 머물다가 햇빛이 따뜻해질수록 꽃이 얼굴을 들며 피어난다. 그러니까 일찍 산을 찾은 사람들은 아직 꽃잎을 열지 않은 채 고개 숙인 꽃을 보게 된다. 햇살이 좋으면 얼레지는 11시경에 꽃잎을 열었다가 오후 4시쯤에는 어김없이 다시 꽃잎을 닫는다. 화려한 외모 때문에 어울리지 않는 꽃말을 얻었지만 들여다보면 이 꽃은 무척이나 긴 기다림 끝에 피는 꽃이기도 하다. 씨가 싹을 틔워도 꽃대가 올라와 온전히 꽃을 피우기까지 무려 5, 6년이 걸린다고 한다. 그야말로 인동의 세월을 보내는 옛 여인의 모습이다.

얼레지는 대부분 무리지어 핀다. 물론 한두 개체가 고즈넉이 피기도 한다. 언젠가 천마산을 혼자 내려오는데 큰 나무 아래 홀로 핀 얼레지를 만났다. 워낙 길눈이 어두워서 쭉 내려오기만 하면 되는 길인데도 자칫 엉뚱한 곳으로 접어들지 않을까 긴장하며 내려오던 길이었다. 인적도 드물고 꽃들도 별로 보이지 않았다. 저무는 하루를 고요히 맞고 있는 얼레지가 반가웠다. 꽃에게 반가움을 전할 길은 없지만 그래도 인사를 하고 내

얼레지의 하루(포천 광덕산, 가평 화야산)

려왔다. 문득 어둠 내린 산중에 홀로 머물 꽃이 애틋해졌다. 꽃에게는 정신이, 이성이 없다고 알고 있다. 꽃들은 다만 자연의 이치 그대로 기다리고 또 기다리다가 마침내 꽃을 피우는 것이다. 꽃에게 생각이, 마음이 있다면 깊은 밤 그의 세계는 어떨까. 그리스 철학에서는 모든 생물에게 생혼(生魂)과 각혼(覺魂)과 영혼(靈魂)이 있다고 보았다. 생혼은 나무나 풀에도 있다. 그 생혼은 무엇일까. 나무나 꽃에게 생혼은 어떤 것일까. 사람에게 있는 영혼 같은 것일까? 내가 꽃이 못 되니 알 수가 없다. 다만 그 순간 꽃을 보는 내 마음에 이런저런 생각들이 스칠 뿐이다.

얼레지를 보면 동시에 떠오르는 '엘레지'는 애처로운 노래지만 백합과의 이 꽃은 슬프지도 애달프지도 않다. 하루가 깨어나면 두 손 모으듯 기다리다가 태양의 세례 속에 환히 피어오르고 이내 시간의 흐름에 몸을 맡겨 다시 고요해질 뿐 어느 순간에도 당당하고 찬란하다. 얼레지는 한껏 피어오른다. 다시없을 생을 최선을 다해 핀다. 그 충실한 무대에서 우리가 만난다. 가장 화려한 꽃을 피우지만 세상에 존재를 드러내는 건 보름 정도뿐이다. 사람의 한 생도 짧다면 짧은데 이 꽃은 정말 속절없이 피었다가 떠나간다. 화무십일홍(花無十日紅)이라는 옛말 그대로다.

이토록 찬란한 순간, 새우난초

햇살 속에 혹은 어둠 속에 홀연히 피어나 제 생의 시간을 걷고 있는 꽃들을 보면 뭐라고 한마디쯤은 해야 한다. 그 찬란한 순간에 대해 한마디 인사는 건네야 한다.

처음 봤을 때도 새우난초는 찬란한 순간이었다. 사람 사는 마을의 낮은 산에 접어들었는데 순식간에 난초들의 마을이었다. 그들이 옹기종기 눈부시게 살아가는 마을에 내가 들어선 거였다. 난초는 홀로 피어나기가 어렵다고 하는데 새우난초 역시 그런 것일까. 어디선가 난초를 '데메테르의 신발'이라고 불렀다는 얘길 들었다. 대지모신의 상징처럼 무수한 씨앗을 품고 있어서 그렇게 부른다고 했다. 수많은 씨앗을 갖고 있다는 사실은 그만큼 후손을 남기기가 어렵다는 말이기도 하다. 생존을 위해 더 많은 씨가 필요한 것이다. 그토록 많은 씨에서 꽃들이 풍성하게 핀다.

인터넷이나 책에서 사진으로 보는 것과 내 눈이 직접 보는

이토록 찬란한 순간…(새우난초, 태안)

건 정말 다르다. 새우난초의 경우도 확실히 그랬다. 사진에서는, 그 자잘한 꽃과 잎과 빛과 그림자가 엉켜서 혼란스러운 느낌이 컸는데, 실제로 만나니 꽃 하나하나가 참 앙증맞고 고왔다. 찍어온 사진을 확대하며 들여다보니 얼마나 사랑스러운지. 마치 씨앗에서 막 터져 나온 나비들처럼 경쾌하다. 이름 때문에 꽃모양에서 '새우'를 찾아보는 수고를 할 필요는 없다. 이름은 뿌리줄기에 새우 등처럼 생긴 마디가 있어서 붙여졌을 뿐 꽃과는 관계가 없다.

내 컴퓨터의 바탕화면에는 올봄에 만난 최초의 꽃들 중 하나인 개별꽃이 피어 있다. 그런데 새우난초를 열어보니 개별꽃과는 다른 품위가 느껴진다. 꽃들조차도 이렇게 인상이 다르다는 걸 새삼 알게 된다. 한없이 청초한 소녀 같은 꽃이 있고, 농밀한 여인의 기품을 자아내는 꽃이 있다. 수백 수천의 꽃들은 수백 수천의 독특한 이미지로 다가올 것이다. 그 수백 수천의 꽃들이 어우러지며 봄은 더욱 눈부시게 찬란해진다.

꽃을 만나며 작은 바람이 생겼다. 첫 만남의 설렘이 사라지지 않고 언제나 처음처럼 만나면 좋겠다고, 어떤 꽃도 내 마음에서 배제하는 일이 없으면 좋겠다고! 오늘만이 아니라 시간이 많이 지나도 '오직'이라거나 '이것만'이라는 수식어는 쓸 일이 없으면 정말 좋겠다는 생각. 난 여전히 애기똥풀도 좋아, 난 보랏빛 수국이 좋고 장미가 좋아. 저마다 제 몫의 생으로 피어나는 모든 꽃들을 있는 그대로 반길 수 있으면 좋겠다.

내가 꽃을 찾아서 산과 들을 헤맬 줄은 정말 몰랐다. 꽃을 만나러 다니기 전까지의 나와 지금의 나는 같은 사람일까, 다른 사람일까? 꽃도 사람도 끊임없이 변화하는 존재라는 걸 많이 생각하게 되는 고마운 봄이다.

보기만 해도 그저 좋은 금강애기나리

만날 때마다 반가운 금강애기나리가 중함백 가는 길에 무리지어 피었다. 그냥 길가에 옹기종기 피어 바람결 따라 흔들리고 있었다. 너무 좋아서 헤헤헤 웃었다. 좀 바보 같아 보이는 웃음이었을 것이다. 그렇게 좋았다. 뭔가가 아무 생각 없이 좋을 수 있다는 사실이 좋았다. 아무 생각 없이 좋은 것이 많을수록 부자가 아닐까. 무엇과도 바꿀 수 없는 부유함 아닐까. 그러니까 꽃을 좋아하고, 꽃이 있는 들과 산이 좋은 사람은 부유해질 수 있는 것이다. 그렇게 귀한 부를 오래도록 누리고 싶다.

거기 그렇게 피어 있는 꽃, 아무 데서나 볼 수는 없는 꽃. 그래도 어딘가에는 어김없이 피어나 이렇게도 좋은 금강애기나리! 무상의 기쁨이, 발치에서 반짝이고 있었다.

금강애기나리의 또 하나의 미덕은 보는 이에게 좋은 기억을 떠올리게 한다는 점이다. 주근깨 소녀 같은 꽃 덕분에 사람들은 어떤 기억들을, 천진했던 순간들을 연상하며 반가워한다.

중년 남성들도 이 꽃 앞에서는 사춘기 시절의 어여쁜 추억을 소환하곤 한다.

문득, 이 '말괄량이 삐삐' 같은 꽃의 이름이 '금강'이라니 궁금해졌다. 금가루를 뿌린 듯한 얼굴에서 뭔가 금강이나 화엄, 이런 세계가 연상된다는 것일까? '그렇게 장엄한 의미이기에는 이 꽃이 너무 해맑은데, 너무 경쾌한 장난꾸러기 같은데'라고 생각하기도 했다.

금강산 자락 진부에서 처음 발견돼 금강애기나리, 진부애기나리로 불렸다고 하는데, 아마도 보다 귀하고 의미 있는 것을 가리키는 '금강'에 방점을 찍었을지도 모르겠다. 다이아몬드를 금강석이라고 할 때의 그 '금강!' 그리고 이어지는 이름이 '애기나리'다. 조금 다르게 표현하면 보석처럼 작은 나리꽃이라고도 할 수 있다.

한가지 조금 '재미없는' 얘기를 해야 한다. 이제 이 꽃의 정식 이름은 '금강죽대아재비'가 되었다. 이 꽃이 '애기나리속'에서 '죽대아재비속'으로 분류되면서 이름도 바뀌었다고 한다. 죽대아재비속은 백합과 식물 가운데 드물게 그늘에서 자라는데 왕죽대아재비는 금강애기나리와도 비슷하긴 하다.

무엇 하나 내 수고는 없는데(금강애기나리, 함백산)

우리나라 식물명은 '국가표준식물목록'(국립수목원)과 '국가생물종목록'(환경부) 두 가지가 있는데 현재 두 곳의 표기가 다르다. 금강죽대아재비(국가생물종목록)라고도 하고 금강애기나리(국가표준식물목록)라고도 한다.

이 꽃에게 아재비라니! 아무리 봐도 당황스럽지만 둘러보면 '아재비'라는 이름을 가진 식물이 꽤 많다. 미나리아재비, 벼룩아재비, 별꽃아재비, 만수국아재비 등. 아재비는 아저씨를 낮춰 부르는 말이라고 하는데 심지어 미나리아재비의 꽃말은 '천진난만'이다. 전문가들이 많은 생각 끝에 꽃이름을 지었겠지만 아무튼 나는 여전히 금강애기나리라고 부르는 게 좋다.

봄이 오자
맡겨 놓은 것처럼 꽃을 찾아다녔다

무엇 하나 내 수고는 없는데
햇빛 한 줌 바람 한 자락 비 한 방울
어찌해 볼 수 있는 일이 아닌데

눈앞에 차려진 꽃들의 향연에
울컥 꽃처럼 솟구치는 말

이 꽃이 어디서 왔는가

내 덕행으로는 받기 부끄럽네*

무엇도 탓할 수 없고

무엇 하나 아쉽다고 못하겠는

꽃이여

길동무여

우리의 불완전한 여정에서

온 생명으로 주고자 하는 우정을

받아 안는다

* 불교 식사 전 기도 오관게(五觀偈)를 꽃 앞에서 드린다.

처녀치마. 동강할미꽃이 묵은 잎과 함께 피는 것처럼 처녀치마는 세 번의 봄을 맞는 잎이 드리워진다. 잎의 수명이 3년인 것이다. 3년을 산 잎은 지면이 닿는 끝부분에 새로운 개체를 형성해 생존을 이어간다고 한다.

우리 오래오래 만나요, 동강할미꽃

동강할미꽃을 만나는 건 그리 어려운 일이 아니다. 꽃소식이 들리는 4월 어느 날 일단 강원도 강릉과 동해, 삼척, 정선에 걸쳐 흐르는 동강 자락을 찾아간다. 굽이치는 동강을 따라가며 강 저편으로 장엄하게 드리워진 뼝대를 예의주시한다. 아마도 그때쯤이면 전국에서 꽃을 찾아온 이들이 이미 바위틈에 자라는 꽃을 찍느라 삼삼오오 집중하고 있어서 금세 눈에 뜨일 것이다. 더욱이 거무튀튀한 석회암 벼랑에 피어나는 동강할미꽃은 친절하기도 하다. 할미꽃보다 한결 큰 꽃을 피우는데다 꽃들이 한없이 화사한 계열로 피어나서 꽃을 찾아오는 순례자들을 애먹이는 일이 없다. 연분홍에서 연보라, 청자색에서 홍자색 꽃들이, 언제부터 거기 그렇게 좌정하고 있는지 알 수 없는 벼랑을 장식하며 피어나고 있을 것이다.

할미꽃이 묘지의 봉분을 단단하게 하기 위해 뿌리는 석회

성분을 좋아하는 것처럼 동강할미꽃도 석회질이 많은 바위틈에 자리 잡고 피어난다. 다 자라도 20센티미터 안팎일만큼 앙증맞은 이 꽃은 선 굵은 꽃 아래로 5개의 깃꼴겹잎이 감싸 안듯 피어나고 보송한 하얀 털이 베일처럼 줄기부터 잎과 꽃잎까지 꽃 전체를 뒤덮고 있다. 그러나 그 우아한 빛깔의 꽃잎은 정작 꽃잎이 아니라 꽃받침이다. 이렇게 단단해 보이는 동강할미꽃도 겨우 열흘 정도밖에 꽃을 피우지 않는다고 한다.

동강할미꽃은 유독 과거와 함께 현재를 살아간다. 올해 피는 꽃 아래로 지난해의 묵은 잎이 드리워져 있다. 사진을 찍는다며 그 잎을 싹둑 잘라버리거나 가위로 잘라가며 연출하기도 한다는 얘길 들었다. 묵은 잎은 동강할미꽃에게 양분을 제공하는 생명의 터이기도 하다. 존재의 바탕, 동력을 잘라버리는 건 꽃을 죽게 만드는 것과 마찬가지다.

알려진 것처럼 하마터면 우리는 동강할미꽃이 피는 풍경을 보지 못할 뻔했다. 1990년 홍수 때문에 피해가 큰 상태에서 당시 노태우 정부가 동강 댐 건설을 추진했다. 환경 문제와 물 부족 등의 여러 이견이 도출되다가 결국 2000년 동강댐 계획은 백지화되었다. 그 과정에서 동강의 비경이 알려지자 뜻밖에 래프팅 인구가 몰려들고 난개발로 골치를 앓기도 했다. 동강할미꽃

동강 자락 마을에도 새봄의 꽃이 핀나(동강할미꽃, 정선)

도 수난을 겪었다. 무차별 채취로 유명세를 치른 것이다. 다행히 지역 주민들의 정성으로 동강할미꽃은 오늘도 피어나고 있다. 한 마을에서는 길가의 석회암 벼랑에 자연스럽게 동강할미꽃을 식재해 내일을 준비하기도 한다. 어제의 기억 위에 새로운 날을 준비하는 지혜가 꽃처럼 피는 마을이었다.

세상 모든 좋은 꽃말, 은방울꽃

홍천의 그 숲은 뜻밖이었다. 나지마한 산의 정상에 꽃들이 피고 지는 아늑한 평지가 펼쳐져 있었다. 분홍은방울꽃이 사는 숲이었다. 조금 더 깊은 곳에는 수백 수천의 큰애기나리가 핀 초록 숲도 이어졌다. 고개를 숙인 채 피어 얼굴은 보이지 않고

수백 수천의 큰애기나리가 핀 초록 숲(홍천)

진주 알갱이들이 댕그렁댕그렁 분홍은방울꽃(홍천)

초록 잎만이 가득한 사이사이에 당개지치와 감자란과 또 다른 무수한 꽃들이 뒤섞여 피고 지는 비밀의 화원이 거기 있었다.

그날은 비랑 숨바꼭질이라도 하는 것 같았다. 잠시 소나기 내리다 그친 숲은 원초의 생명이 푸르렀다. 분홍은방울꽃들이 댕그렁댕그렁 출렁였다. 진주 알갱이들이 흩뿌려진 숲이었다. 햇빛이 갓 영글고 있는 진주알을 싱그럽게 물들이는 동안 또 다시 키 큰 나무 저 끝으로부터 바람소리가 전해졌다. 나뭇가지들이 흔들렸다. 바람이 몰려오며 다시 비가 내렸다. 장대비는 아니어서 다행이었지만 숲에는 비를 그을 데가 없어 서둘러 내려와야 했다.

한 알 한 알 은종처럼 매달린 이 꽃은 앙증맞게도 어여쁘다. 중세 수도원에서는 제대를 꾸미기 위해 정원에서 은방울꽃도 키웠는데, 계단처럼 한 층 한 층 꽃이 피는 형태 때문인지 '야곱의 사다리'라는 이름으로 부르기도 했다고 한다.

꽃은 참 사랑스럽게 예쁜데 꽃과 관련해서 전해지는 이야기는 자못 비장하기까지 하다. 예수님이 못 박힌 십자가 아래에서 성모마리아가 흘린 눈물, 그 눈물에서 피어났다는 새하얀 눈물방울! 혹은 에덴동산에서 뱀의 꼬임에 넘어가 선악과 열매를 따먹은 이브가 흘린 회한의 눈물에서 피어났다는 꽃! 줄기에서 아슬아슬 매달린 꽃이 종 모양이거나 눈물방울 같아서 그런 이야기들이 생겨났던 것도 같다.

'야곱의 사다리' 은방울꽃(고양시 서오릉)_ 위
'모든 근심의 끝'이라는 꽃말을 가진 은방울꽃(홍천)_ 아래

눈물은 때로 사람을 정화한다. 비극을 통해 카타르시스를 경험하는 것처럼 한바탕 눈물을 흘리고 나면 마음이 위안으로 가득해지기도 한다. 그래선지 은방울꽃은 '영혼의 정화'라는 꽃말도 갖고 있다. 사실 은방울꽃은 온갖 좋은 의미의 꽃말을 다 가지고 있다. '모든 근심의 끝'이라는 꽃말은 더는 눈물을 흘리지 않을 거라는 예고일 것이다. 더 나아가 '다시 찾은 행복' 속에 '틀림없이 행복해집니다.'라는 꽃말까지 있다. 꽃말만으로도 은방울꽃은 결혼식 부케에 잘 어울린다. 그레이스 켈리와 케이트 미들턴이 은방울꽃 부케를 들어서 더더욱 많은 신부들이 선망하는 부케 재료가 되었다. 은방울꽃을 받으면 행운이 온다고 해서 특히 프랑스에서는 5월 1일 은방울꽃을 선물한다고도 한다.

꽃 못지않게 향기가 매혹적이라고 하는데 그렇게 많은 꽃이 핀 숲에서도 향기를 맡지 못했다. 자극적이고 강렬한 향이 아니라 고요하게 마음으로 호흡해야 가능한 향이어서인지도 모르겠다. 멈춰서 받아들일 준비를 하고야 알게 되는 것이었을 수도. 언제쯤 은방울꽃의 향기를 느낄 수 있을까.

어여쁜 꽃과 매혹의 향을 가진 은방울꽃은 뜻밖에 독초다. 그것도 무척 치명적인 독초여서 동물들도 피해 다닐 정도라고 한다. 너무 아름다운 것은 위험하다. 아니, 아름답기에 스스로를 지켜야 했던 걸까. 식물들 역시 자신을 보호하기 위해 저마다의 생존 전략을 갖고 있다.

오래 견디고 오래 아파하는 시간의 결정체 진주는 소금처럼 쓰라린 눈물의 기억 속에 영글어간다. 상처가 깊어, 위로받지 못한 밤과 낮이 길어 독을 품기까지 했던 걸까. 그 지난한 시간들이 지나가고 은방울꽃이 진주로 영글었다. 그 숲에는 꽃잎 끝이 발그레 물든 분홍은방울꽃이 핀다.

나를 잊지 말아요, 양귀비

바다가 보이는 언덕의 작은 절집 뒤란에 (개)양귀비가 붉게도 피었다. 사이사이 하얀 글라디올러스도 피어 더 묘한 정취였다. 아주 오래전 있었던 옛 절이 불타 없어진 후 자그맣게 다시 세운 기도의 집이라고 했다. 바다와 꽃과 절. 인적도 드물어 누구도 방해하지 않는 시간이었다.

어쩌면 그 고무신 때문이었는지 모르겠다. 마당에도 드문드문 핀 양귀비 사이에 매일 기도하고 노동하는 수도승들이 일할 때 신느라고 놓아둔 고무신이 있었다. 문득 꽃과 함께 어떤 마음들이 밀려들었다. 어찌할 수 없는 마음들이 꽃처럼 뒤섞여 피어났다가 소멸되는 여정, 그 마음의 뒤안길이 짠했다. 그 낮과 그 봄과 그 석양, 그 낮에 뿌렸을 양귀비와 그 오후에 심었을 그리움과 또 어느 날 밀려왔다 밀려가기도 했을 저 바다의 파도.

양귀비는 오래된 꽃이다. 오래된 신화에도 무척 자주 언급

된다. 그리스 신화에서 이 꽃은 데메테르와 아프로디테, 헤라와 키벨레 등을 상징한다. 다들 제우스의 여인이다. 양귀비는 하나의 꽃이 수많은 씨를 가지고 있어서 고대로부터 다산을 기원하는 여신들의 상징이 되었다. 다산이 곧 부를 의미하기도 했으므로 헤르메스의 상징이기도 했다는데, 동분서주 그 헤르메스가 다산의 신이기도 했던가?

양귀비는 잠의 신 히프노스가 사는 동굴 입구에 만발했다는 꽃이기도 하다. 그의 동굴은 낮과 밤이 만나는 곳으로 레테강이 돌아 흐르는 곳이었다. 한 모금의 망각과 한 모금의 도취가 있는 동굴에서 밤의 신 닉스의 아들이자 꿈의 신 모르페우스의 아버지인 히프노스는 늘 잠들어 있었다. 잠과 꿈은 때로 망각이다. 도피이자 도취다. 그래서 위안이 되기도 한다. 그러나 지나친 망각과 도피는 생을 부숴버린다. 양귀비는 어쩌면 위안과 파멸 사이에 있다. 한 생을 담백하게 내어놓은 수도승들의 집에 저 붉은 꽃이 의외로 잘 어울렸다. 어쩌면 수도승들의 삶 자체가 위안과 파멸 사이를 오가는 외줄 아닐까. 전부 아니면 전무. 그들은 위태로운 한 생을 건넌다. 저토록 붉게, 저토록 간절하게.

하루를 머물고 싶었던 건 기도하고 싶다는 말이었다(양귀비, 태안 태국사)

양귀비는 너무나 빨리 잊히고 마는 사랑을 가리키기도 한다. 아프로디테가 그랬다고 한다. 아도니스, 아도니스……, 아름다운 연인의 죽음 앞에서 아프로디테는 너무도 빨리 고통을 벗어 던졌다. 아도니스가 뜨겁게도 한 송이 양귀비로 피어난 순간 이 여신은 새로운 사랑을 찾아 가벼워졌다. 양귀비는 홀로 뜨겁고 홀로 타올랐다. 그래서 어쩌면 그 심중의 뜨거운 한마디가 '나를 잊지 마세요'였던 건 아닐까. 오히려 그랬던 것은 아닐까 싶어졌다.

그곳에서 하루쯤 묵고 싶었다. 하루를 머물고 싶었던 건 기도하고 싶다는 말이었다. 무릇 기도는 스스로를 잊어버릴 만큼 도취의 시간이다. 그 순간 아득한 위안이 온다. 비로소 영원이라는 세계의 문이 열린다. 살아가는 날의 희로애락을 넘어 무엇에도 잃지 않을 힘이 뿌리를 내린다. 그 집에 사는 이들에게 매 순간이 그런 도취의 연속이기를 기원했다.

왜 이 붉은 꽃이 물망초 같은가

이토록 정염 깊은 꽃이 수도승의 집에 있어서

바다를 내려다보는 집에 있어서

문득 저 붉은 꽃잎이 말하는 것 같았다

"나를 잊지 마세요"

내가 떠나가도 내가 침묵해도

바다로 난 길을 향해 언제든 달려가는 마음을

꽃 피고 지는 숲에서 만나지는 마음을

그렇게 들렸다

얼굴을 보지 못한다고 잊는 건 사랑이 아니에요

사랑한다면, 그 말을 전한다면

이제는 경계 따위 사라지는 사랑을 하셔요

눈에서 멀어지면 마음도 멀어진다는 옛말은

풋사랑의 말이란 거 이제는 아는 눈빛으로

보셔요, 저리도 붉은 입술의 담긴 말을

진주보다 더 오래 더 치열한 파도를 떠안았다 밀려가던 마음결에

찢어지고 깁고 너덜너덜해졌던 그 봄과 밤들의 기억을

저 붉은색이 물망초의 말을 마음에 담기까지

홀로 깊어온 사랑을

이제 돌아봐 주셔요, 나를 잊지 말아요

마음으로 오는 푸른 별, 반디지치

반디지치. 아무래도 내가 그 파랑, 그 블루를 편애하는 게 맞다. 옛 그림을 채색하던 비싼 안료 라피스라줄리(Lapis Lazuli)의 그 빛깔이 여전히 나를 매혹하는 게 맞다. 그 파란 별들은, 초록의 비탈에서도 묻히지 않는 빛깔로 피어서 내 눈에 들어왔다. 깊은 하늘의 색을 담은 라피스라줄리, 청금석은 오래전부터 생명의 빛이라고도 불리던 귀한 안료였다. 악마로부터, 어두운 책략으로부터 보호하는 보석이라고 알려져 장신구로도 사랑받았는데 이슬람 사원과 비잔티움의 모자이크에서도 이 푸른빛은 가장 귀한 것들을 표현하곤 했다.

그런데 그 보석 빛깔을 가진 반디지치의 꽃말이 '희생'이라고 해서 마음에 갑자기 탱자나무 가지들이 얼킨 듯했다. 꽃말을 설명하는 글에서는 후손을 보호하기 위해 자신의 꽃잎을 훼손하는 경우가 많다고 했다. 그래서 때로 꽃잎 떨어진 반디지치를 보게 되는 거라고. 실제로 반디지치는 상한 꽃잎을 많이 달고 있다.

매혹의 블루, 반디지치(안산 구봉도)

'희생'이라니, 오래전부터 박물관에 전시되고 있는 단어를 만난 기분이었다. 크든 작든 세상은 누군가의 희생들이 있었다. 거대하게는 사회를 변혁시키기 위한 희생이 있었고 타인을 위해 자신을 내어놓은 이들도 있었다. 자기 자신을 잘 지탱하며 한 세상 끝까지 살아가는 일 역시 때로 희생의 뿌리로부터 힘을 얻었다. 녹록지 않은 고해의 바다를 항해하는 우리 모두에게는 지금도 너나없이 어떤 의미로든 희생이 필요하다. 세상은 희생의 수레바퀴로 조금 더 나아지곤 했다.

또 다른 설명에선 '나를 잊지 말아요'가 반디지치의 꽃말이라고도 했다. 심각해진 마음으로 그 글을 읽는 순간 '대체 뭘 잊지 말라는 거지'라는 물음이 생겼다. '희생'과 '나를 잊지 말아요.' 사이를 서성였다. 인디언 아라파호족들은 5월을 '오래전에 죽은 자를 생각하는 달'이라고 불렀다. 오래전에 죽은 자들을 기억하는 오월. 잊지 않아야 할 것을 잊지 않는 일 역시 무척이나 필요하고 중요한 일이다. 정작 잊지 않아야 할 것은 잊어버리고 쓸모없는, 겉치레에나 매달리는 일들도 많다. 정말 잊지 않아야 하는 것을 잊지 않는 사람들도 자꾸 줄어드는 것 같다. 저 쪼끄맣고 파랑파랑 빛나는 꽃 앞에서 내가 너무 심각한 표정이었다.

좋은 일만 만날 것 같은
숲속의 앵초(홍천 도사곡리)

너를 모르고 살았다니, 앵초

내가 모른다고 없는 게 아니다. 이 꽃들은 옛날부터 피고 져왔다. 그런데 여태 나는 몰랐다. 당혹스러웠다. 멀고 깊은 산속만이 아니라 이토록 가까운 마을 뒷산에 이토록 무수한 생명체가 존재하고 있었는데 그걸 모르고 살아왔다니! 좀 말이 안 된다고 생각했다. 꽃이 피고 지는 걸 모른 채 살아온 것처럼 알아야 할 뭔가를 모른 채 살고 있는 건 아닐까 싶어졌다. 그리고 물론 그럴 것이다. 그 생각을 하니 마음이 문득 유순해졌다. 내가 모르는 게 많다는 걸 알고, 그걸 인정하고, 그러고는 부드러운 눈매가 되었다. 고대 그리스 사람들이 조언한 것처럼 '모른다는 걸 안다는 것'은 지혜의 시작인 모양이다. 혹은 겸허한 자세의 시작이거나.

홍천 깊숙한 마을에서든 충청도의 뒷산이든 앵초가 핀 숲으로 들어서면 순식간에 말로 표현하기 어려운 환희에 물든다.

그렇다고 유난한 것은 아니다. 언젠가의 화원으로 들어서는 것처럼 자연스러운 길이다. 수없는 꽃에 감싸여 꽃을 찍고 있으면 시나브로 그 순간이 낯설어진다. 나를 휘감고 있는 일상의 번잡이 홀연 간결해진다. 나도 자연의 일부가 되어간다.

앵초는 동서양에서 꽤 유명한 꽃이다. 그런데 서양에서 앵초라고 하는 프리뮬러와 우리 앵초는 외양과 색깔이 좀 다르다. 프리뮬러는 보라, 노랑, 빨강, 분홍, 파랑, 하양 등 여러 빛깔로 피는데 우리나라에서는 분홍과 흰색 앵초만 보았다. 그마저도 하얀 앵초는 해가 지날수록 찾기가 어려워졌다.

신화에도 등장하는 오래된 꽃이다 보니 나라마다 전설도 전해지고 꽃말도 다양하다. 독일 전설에는 효녀 심청이 등장한다. 한 소녀가 아픈 엄마를 위로하려고 꽃을 따러 나갔는데 꽃의 요정이 나타나 말했다. "앵초가 피어 있는 이 길 끝에 성이 있답니다. 성문의 열쇠에 앵초 한 송이를 꽂으면 문이 열릴 거예요. 그곳으로 가봐요, 좋은 일이 있을 거예요." 소녀는 요정의 말대로 앵초 한 송이로 문을 열고 들어갔다. 성 안에는 보물이 쌓여 있었는데 성주가 원하는 보물을 하나 가지라고 했다. 소녀

'행복을 여는 열쇠'라는 꽃말을 가진 앵초(홍천 도사곡리)_ 위, 가운데
우리 숲에서는 보기 힘든 노란앵초를 서울숲에서 보았다_ 아래

는 엄마를 낫게 할 작은 구슬을 선택했고, 구슬을 본 엄마는 병이 나았다. 그리고 그리고 성주는 착한 이 소녀에게 청혼해 '행복하게 잘 살았답니다.' 이런 전설 덕분에 앵초는 '행복을 여는 열쇠'라고 전해져서 중세에는 성모마리아에게 봉헌되었고 '성모마리아의 열쇠'라는 이름도 얻었다고 한다.

북유럽 신화에서는 사랑의 여신 프레이야의 상징이지만 또 다른 신화에서는 허락되지 않은 사랑 때문에 비탄에 빠져 죽고만 청년 이야기도 전해진다. 신들이 그를 가엾게 여겨 앵초로 만들었다는 신화 때문에 서양에서는 앵초가 슬픔과 죽음의 상징으로 표현되기도 했다. 특히 영국 시인들의 시에서 '창백한'이라는 관형사가 붙어 있었던 게 이런 신화 때문이었다.

일본에서는 특히 에도 시대에 원예가 인기를 끌었는데 그 시기에 무사들에게—전혀 어울리지 않지만—앵초 가꾸기가 유행하기도 했다고 한다. 품종 개량도 경쟁적으로 이어져 무려 이천여 종의 앵초가 있었다. 언젠가 가고시마 거리에서 프리뮬러가 아닌 앵초를 발견하고 무척 반가웠는데 일본의 앵초 역사가 그만큼 길고 깊었다는 걸 나중에 알았다.

알고 보니 무척 많은 이야기를 갖고 있는 꽃이었다. 그래서 앵초의 꽃말은 '행운'부터 '젊은 날의 슬픔'까지 여러 빛깔을 갖고 있다. 물론 앵초는 '행복을 여는 열쇠'이기도 하다.

고고한 은수자 같은 큰앵초(태백산)

골짜기 가까이 숲에서 고즈넉이 만난 앵초의 '당신 없이는 살 수 없다'는 수줍은 고백은 매번 더없이 감미롭다. 사람들의 마을에서는 보기가 어려워 더 애틋해지는지도 모르겠다. 개울가에서 처음 앵초를 본 후 나중에 태백산에서 큰앵초를 만났다. 앵초가 옹기종기 와글와글 사랑스러운 소녀들의 수다라면 설앵초는 고고한 은수자 같은 자세로 깊은 산 침묵 속에 머물렀다.

여름. 느껴봐, 미풍의 순간

나비가 말했다.

그냥 사는 것만으론 충분하지 않아,

자유와 햇빛, 작은 꽃이 필요해.

-안데르센, 〈나비〉에서

흔들리며 흔들리며 선백미꽃

야생화를 만나고 사진을 찍는 일은 때로 쉽지 않다. 야생화는 말 그대로 야생에 피는 꽃이니 먼저 산이나 들로 찾아가야 한다. 드넓은 산야에서도 꽃이 피는 곳은 따로 있다. 내 발길 닿는 곳에서 기다려 피어주는 게 아니다. 여기저기 꽃이 피는 장소를 찾아보지만 그 역시 쉬운 일은 아니다. 어느 날부턴가는 정보를 찾아가는 일도 좀 지쳤다. 그리고 꼭 어떤 꽃을 봐야 한다는 마음도 애써 비웠다. 만나게 되는 꽃을 반가워하며 즐기다가 떠나오자고 생각하게 됐다.

백미꽃을 보고 싶었다. 그런데 어떤 꽃들은 누군가 '여기 있다'고 알려주지 않으면 알아차리지 못할 때가 많다. 세상에 무수한 의미가 있어도 그걸 알아차려 자기 것으로 만드는 사람이 드문 것과 같다. 같은 박주가리과 백미속 식물인 선백미꽃을 만난 오후가 그래서 더 고마운 기억이다. 알고 갔던 게 아니어서, 거기 꽃이 핀다는 걸 알았던 게 아니어서, 정말 우연히 만항재에

꽃은 흔들흔들 바람에 흔들흔들(만항재, 선백미꽃)_ 위
선백미꽃보다는 한결 안정적인… 민백미꽃(춘천)_ 아래

서 선백미꽃을 만났다.

인적은 드물었고, 정수리에 떨어지는 햇빛도 나무들 사이를 살랑이는 바람 덕분에 별로 힘들지 않았다. 시간이 흘러갔지만 내겐 목적이 없었다. 나는 그저 눈앞에 나타나준 꽃들과 만날 뿐이었다. 이상하게도 꽃들의 이름조차 알고자 하는 마음 없이 그저 꽃, 다가오는 꽃들을 경이롭게 만나고 싶었다.

꽃이 바람결에 흔들렸다. 사진을 찍기가 무척 어려웠다. 바람결에 흔들리고 있는 선백미는 경쾌한 거울이었다. 저 푸르고 작고 어여쁜 거울이 '나를 보듯이 너를 잘 봐'라고 속삭이기도 했다. 저토록 가벼이 흔들리며 속삭이곤 했다.

세상 편한 자세로 꽃과 놀기에 아주 좋은 날이었다. 바람이 끼어들어 꽃과 나 사이를 희롱했다. 고도의 긴장을 유지하며 꽃을 찍었다. 그런데 사진에는 바람이 더 많이 찍혔다. 꽃은 흔들흔들 바람에 흔들흔들. 목적도 없이 집착도 없이 덩달아 흔들렸던 시간. 선백미꽃은 하얀 꽃을 피우는 민백미꽃보다 꽃자루(소화경)가 더 길어서 바람이 아니어도 대롱대롱 흔들리는 것 같았다.

섭리 혹은 변덕, 수국

유독 수국은 더 멀리 있는 느낌이다. 멀다는 게 물리적인 거리가 아니라 어떤 세계가 그렇다는 거다. 달리 말하면, '측량하기 힘든' 어떤 거리를 느낀다, 수국과 나는.

그 전에도 수국을 봤을 텐데, 내게 수국이 아로새겨진 건 그 수녀원으로 가는 길목에 피던 그해 여름 우기의 수국이다. 매일, 미사를, 새벽미사를 갔었다. 비가 매일 내렸다. 긴 우기였다.

매일 내리는 비에 수국 꽃알갱이들이 톡톡 이른 시간의 적요를 건드렸다. 잠깐이라도 우릴 보고 가렴. 보랏빛 알갱이들이 갓 잠에서 깬 눈빛으로 말갛게 나를 바라보곤 했다. 아주 잠깐, 그렇게 눈을 마주치며 스치던 여름.

생의 갈림길이었다고 할 수 있었다. 수녀원에 갈까? 마음이 고양되던 날들이었다. 아마도, 어쩌면, 그래서 나는 수국의 꽃말이 '변덕'이라는 말에 좀 어이가 없었다. 그 여름, 그 새벽의

생의 갈림길이라고 할 수 있었다, 언젠가의 수국은(서울숲)

수국을 바라보며 내 안에 물든 건 하느님의 신비로운 섭리 같은 것, 가도 가도 닿을 수 없는 어떤 세계의 다채로운 아름다움이었는데, 사람들이 만든 꽃말은 변덕이라니!

유독 파랗고 유독 서늘했던 긴 빗속의 수국. 다시는 그런 빛의 수국을 보지 못했다. 어쩌면 꽃을 보는 내 시선이 달라졌을지도. 두고 온 길, 가지 않은 길에 대한 그리움이나 미련, 아쉬움이나 죄스러움을 담아놓은 수국이라는 이름. 두고 온 마음, 가지 못한, 가지 않은 길에 대한 마음이 수국에 배어 있는 것일까? 수국, 이라는 이름을 발화할 때마다 언뜻 스치는 무엇이 있다.

수국은 매일 물들어간다

수국은 토양의 성분에 따라 색이 달라진다고 하는데 산성일수록 파란색을 띤다. 처음엔 흰색으로 핀 꽃에 시나브로 청색이 번지고 조금씩 붉은색도 더해지며 보라색이 되어간다. 수국은 완전히 만개하기까지 줄곧 물든다. 이 꽃은 시시각각 화(化)한다. 눈으로 보이는 그 여정이 자꾸 말을 거는 건지도 모르겠다. 어제 오늘, 내일. 어제의 네가 아닌 꽃, 오늘의 네가 아닐 내일의 너.

나 역시, 어제의 나는 아니다. 정말 바람직한 의미로, 우리는 모두 어제의 나가 아니어야 한다. 조금이라도 자유롭게, 조금이라도 가볍게, 조금이라도 아픔을 다독이는 오늘의 나여야 한다. 그러기를 바라게 하는 꽃이다, 수국은.

“나, 오늘 이만큼 물들었어. 이만큼 피어났어. 넌 어때? 괜찮아. 그런 날도 있는 거지, 뭐!”

흔들리고 있구나, 병아리난초

앙증맞은 이름을 얻은 이 앙증맞은 난초는, 앙증맞음과 달리 척박한 조건에서도 잘 자란다고 한다. 더욱이 바위에 붙어서도 피어난다. 그래서 더 귀엽고 더 대견한 꽃이다. 짹짹 병아리처럼 귀여운 꽃망울들이지만, 사실 병아리를 연상하기는 어렵다. 바위난초라고도 불리는데, 오히려 이 이름이 적절하지 않을까?

어둑해지는 시간이었지만 아직 해가 지진 않았다. 그래도 북한산 자락 수풀 사이에는 어둠이 젖어 있었다. 초점조차 잘 잡히지 않는 이 꼬마꽃망울들을 찍으려고 후텁지근한 대기에 숨을 참는 순간 땀이 범벅이 됐다. 팔에도 등에도 모기의 공략이 치열했다. 그렇게 이 작은 꽃들을 만났다.

낮에 비가 거세게 쏟아져서 계곡에 물이 불었다. 세 해째 간 곳인데 그렇게 물이 많은 건 처음이었다. 늘 말라 있던 계곡을 밀려 내려오는 물이 미세한 바람을 일으켰다. 그 바람에 병

작은 바람에도 흔들리는 병아리난초(북한산)

아리난초가 줄곧 흔들렸다. 미세한 바람에 미세하게 흔들리는 꽃을 제대로 찍을 수가 없었다. 숨을 완전히 정지… 하고 셔터를 눌러보지만 흔들려서 초점이 안 맞는 병아리난초가 거기 있었다. 훅 숨을 몰아쉬다가 문득 웃음이 났다.

흔들리고 있구나, 너도
나도 흔들리고 있거든
우리, 살아있는 존재들의 짧은 만남!

우리가 살아있는 존재라는 사실이 반가웠다. 흔들리며 가는 생, 흔들리고 방황하고 길을 찾아 헤매는 것이 마땅한, 살아있는 존재의 길!

흔들림은 생의 아름다운 증거다. 흔들리지 않는 건 죽음의 장면이다. 모든 살아있는 것은 흔들린다. 내가 흔들리고 네가 흔들린다. 꽃을 찍으려고 완벽에 가까이 정적인 순간이 될 때 비로소 사람도 들숨과 날숨의 순간에 하염없이 흔들린다는 걸 느낀다. 큰 나무, 큰 꽃을 찍을 때는 잘 모르던 일을 이렇게 쪼끄만 꽃과 만날 때 새삼 생각한다. 병아리 병아리 병아리난초 앞에서.

그 순간, 사랑 가득한 바람의 휘파람 안에 우리 함께 있었다. 소리 없는 음악에 물드는 오후, 사랑이었다.

'원대한 뜻'이라는 '원지과'에 속하는 병아리풀은
이름처럼 앙증맞지만, 아주 씩씩하게 하늘을 향해
피어난다(남한산성)

너 돌아갈 곳 어디니? 엉겅퀴에게

엉겅퀴를 생각하면 뜨거운 태양 아래 흙먼지 이는 메마른 길이 먼저 떠오른다. 불편하고 척박하고 방치된 땅, 엉겅퀴는 폐허의 어딘가에서 만나는, 언젠가의 손길이 전하는 편지 같다.

야생에 흔히 피는 꽃이지만 늘 스쳐 지나곤 했는데 오래전 첫 순례 때 에페소의 성모 성당에서 무척 키가 큰 엉겅퀴를 보았다. 비잔티움 제국이 멸망한 지 600년이 다 되어가는 땅에서, 비록 이슬람이 성모마리아를 공경한다고는 하지만 그리스도교 초기 유적들이 그들의 문화에서는 이방인일 수밖에 없는 그 폐허의 낡은 벽 앞에 엉겅퀴가 피어 있었다. 나는 문득 그 엉겅퀴가 오랫동안 거기서 기다려준 것 같은 기분이 들었다. 말하자면 고향에 간 듯한 느낌이기도 했다. 그렇게 키가 큰 엉겅퀴는 낯설었는데 그 낯섦이 싫지 않았다.

엉겅퀴는 보기에 편안한 꽃이 아니다. 식물 전체에 털이 나

더 낯설고 더 척박하고 더 고독한 시간으로 이끄는 엉겅퀴(칠보산)

있는데 마치 가시처럼 거칠다. 성경에서도 엉겅퀴는 늘 가시덤불과 쐐기풀과 함께 저주와 응징과 퇴락의 부정적인 이미지로 나타난다.

> 궁궐에는 가시나무가 올라오고 요새에는 쐐기풀과 엉겅퀴만 무성하여 승냥이들의 소굴이 되고 타조들의 마당이 되리라.(이사 34,13)
>
> 우둔한 자의 입에 담긴 잠언은 술취한 자의 손에 놓인 엉겅퀴와 같다.(잠언 26,9)
>
> 가시나무에서 어떻게 포도를 거두어들이고, 엉겅퀴에서 어떻게 무화과를 거두어들이겠느냐?(마태 7,16)

무엇보다 에덴동산에서 추방될 때 아담과 이브는 닥쳐올 현실을 직면한다. "너는 사는 동안 줄곧 고통 속에서 땅을 부쳐 먹으리라. 땅은 네 앞에 가시덤불과 엉겅퀴를 돋게 하고 너는 들의 풀을 먹으리라."(창세 3,17-18) 가시덤불과 엉겅퀴는 저주받은, 추방당한 땅의 상징이 되었다.

물론 이게 다는 아니다. 북유럽에서는 천둥의 신 토르의 꽃으로 여겨 이 꽃을 몸에 지니면 벼락을 피할 수 있다고도 전해졌다. 무엇보다 가시 덕분에 엉겅퀴는 스코틀랜드의 국화가 되

"나를 만지지 마세요!"라는 꽃말도 가진 엉겅퀴(수원 칠보산)

었다. 중세 때 스코틀랜드를 침공한 바이킹 군대가 밤에 진지를 기습하려다 사방에 핀 엉겅퀴 가시에 찔려 소리를 질렀다. 덕분에 스코틀랜드 병사들이 잠에서 깨어 바이킹 군대를 격퇴했다고 한다. 누군가에게는 재앙인 일이 누군가에게는 천만다행이 되기도 하는 세상일을 엉겅퀴와 스코틀랜드 이야기가 새삼 알려준다. 이런 역사로 인해 엉겅퀴는 엘리자베스 2세 여왕이 대관식에 입었던 드레스에도 영광스럽게 수 놓였고 영국 시인들에게는 무척 친근한 꽃이 되기도 했다.

엉겅퀴류도 꽤 많은 종이 있어서 지구 곳곳에 대략 200종이 산다고 한다. 우리나라에도 큰엉겅퀴부터 도깨비엉겅퀴, 물엉겅퀴, 가시엉겅퀴 등 많은 종이 자생하고 있다. 조금씩 모습도 다르니 꽃말들도 여럿이다. 가시 때문에 얻었을 "나를 만지지 마세요!"부터 '엄격함'이라거나 '독립'이라거나 '고독한 사람'이라는 꽃말도 있다.

물론 엉겅퀴가 황폐한 땅에서만 자라는 건 아니다. 하지만 나는 에페소에서 엉겅퀴를 보았고 위대한 예언자 엘리야의 고향 마을 꼭대기에서 키 작은 엉겅퀴들을 보았다. 그 꽃은, 아니 꽃이라기에는 오히려 '식물'이었던 엉겅퀴는 드문 인적 속에 거칠게 피어 있었다. 제 운명을 짊어진 듯 고독하게도 피어 있던 엉겅퀴는 그리운 어딘가, 머나먼 곳으로 마음을 데려간다. 더 낯설고 더 척박하고 더 고독한 시간으로 이끈다.

'먼 것에 대한, 먼 곳에 대한 갈망'이란 어쩌면 사람들의 마음 어디에나 있을 것이다. 우리 스스로 어디에서 왔는지를 모르기 때문이다. 그 어디가 어디인지에 대해 묻기 시작하면 회귀 본능이 그리움을 불러일으키는 것 아닐까. 그래서 물을수록 그리움이 깊어지는 것일까. 꽃들에게도 어디에서 왔느냐고 물으면 …그들이 온 곳과 우리가 돌아갈 곳은 같은 곳일까. 나는 엉겅퀴에게 묻는다. 네가 돌아가는 곳은 어디니?

매화를 닮은 꽃들이 많은데,
물매화는 가을에 핀다(평창 대덕사 계곡)

화엄에 물들다, 연꽃

석가모니 부처님이 제자들에게 깨달음이 뭔가를 보여주기 위해 들어 보여주신 꽃이 연꽃이었다고 하는데, 거기 연꽃만 있었던 걸까? 아니면 많은 꽃 가운데서 연꽃을 들어 보여주신 걸까? 꽃과 깨달음 사이에서 의미를 몰라 헤매는 제자들 가운데 가섭이 홀로 미소를 지었다. 부처님이 하시고자 하는 말을 알아들은 것이다. 불교의 화두 가운데 하나인 '염화시중'이 이 그윽한 이야기에서 나왔다고 들었다. 마음에서 마음으로, 말이 없어도 전해질 수 있는 진리란 어떤 세계일까. 연꽃을 바라보며 문득 궁금해지기도 했다.

어느 여름날 찾은 관곡지, 시흥연꽃테마파크에 비가 내렸다. 햇빛 아래 고고한 자태인 연꽃도 멋지지만 빗속에 적나라한 풍경인 연밭도 무척이나 좋았다. 빗속을 다니며 꽃을 찍다 보니 몸이 지쳐갔지만 마음은 자꾸 푸릇해졌다.

염화시중. 알아듣고 싶은 어떤 이야기들(시흥연꽃테마파크)

비가 쏟아지는 연밭에서 커다란 초록 연잎들을 바라본다. 우물처럼 깊은 연잎에 빗물이 담긴다. 웅덩이 같은 연잎이 물을 쏟아낸다. 연잎이 다시 비었다. 채우지 않고, 담고 있지 않고 한없이 비우는 연잎이 지혜를 설법한다. 법정 스님도 '연잎의 지혜'에서 "사람들은 가질 줄만 알지 비울 줄은 모른다. 삶이 피로하고 고통스러운 것은 놓아버려야 할 것을 쥐고 있기 때문이다. 연잎처럼 무엇을 버리고 무엇을 가져야 할지를 알아야 한다."라고 말씀하셨다. 연잎에 고였던 물은 표면의 먼지까지 씻으며 떨어져서 늘 깨끗한 상태를 만든다. 때로 우리 마음 안에 고이는 슬픔과 불만과 두려움 같은 감정들도 한 번씩 다 씻겨, 깨끗하

여름 내내 연밭에는 생과 사, 번성과 쇠락, 탄생과 소멸이 이어진다(시흥연꽃테마파크)

게 빈 연잎 같으면 좋겠다.

연꽃은 밤의 어둠이 물러가고 해가 뜰 무렵 피어나기 시작해 오전 열 시쯤에 절정이 되었다가 정오를 지나며 서서히 오므리기 시작한다. 그렇게 사나흘을 반복하다가 꽃잎을 하나둘 투둑투둑 떨어뜨린다. 그리고는 뜨거운 햇빛에 씨를 만든다. 여름이 다 가도록 연밭은 피는 꽃과 지는 꽃들이 어떤 흐름을 보여준다. 생과 사, 번성과 쇠락, 탄생과 소멸을. 마침내 하나의 꽃잎만 남아 있는 연꽃. 이제 뜨거운 햇빛에 씨를 만들 시간이다.

모든 지는 것은 안타깝지만, 연꽃은 지는 것에 대해서도 너

인드라망의 구슬처럼 수련

무 마음 쓰지 말라고 다독인다. 사실 연꽃은 꽃이 졌다고 아쉬울 게 없다. 연근과 연밥은 종종 우리 식탁에 오르고, 연잎과 꽃잎은 한여름 열기를 달래는 고아한 차로 만날 수 있다. 꽃대와 줄기 또한 약재로 쓰인다. 말 그대로 아낌없이 주는 식물이다.

넓은 연밭 한쪽에 관곡지가 있다. 강희맹이 명나라에서 연꽃 씨를 가져와 처음으로 꾸민 이 연못은 사각의 못에 둥근 섬이 들어앉은 방지원도(方池圓島) 형태로 전통적인 양식을 그대로 간직하고 있다. 어쩌면 강희맹이 이 연못을 바라보며 썼을 시를 생각한다.

강 속의 달을 지팡이로 툭 치니 물결 따라 달그림자 조각조각 일렁이네. 아니, 달이 다 부서져 버렸나? 팔을 뻗어 달 조각을 만져보려 하였네. 물에 비친 달은 본디 비어있는 달이라, 우습다. 너는 지금 헛것을 보는 거야….

연꽃은 8월 내내 핀다. 피었다가 지는 꽃들도 있고 또다시 탄생하는 꽃들도 있다. 때로 '강 속의 달' 때문에 흔들흔들할 때 연꽃을 보러 다시 가야겠다. 자주 봐야 꽃들의 말을 더 들을 수 있을 테니까. 무뎌지고 잊어버리고 살다가도 만나면 다시 그 말을 기억하게 되니까.

나도수정초처럼 부생식물인 이 꽃은 해남 대흥사에서 발견돼 '대흥란'이라고 불리는 귀한 꽃이다.

나도 꽃, 나도수정초

이 보기 드문 생명체를 알현하기 위해서는 '꽃'에 대한 기존의 편견을 조금 비워야 한다. 그리고 조금은 음습한, 조금은 신비가 배어 있는 숲으로 찾아가야 한다. 일반적인 꽃답지 않아 당황스러운 이 꽃은 숲속에서 자라는 부생식물로 여러해살이풀이다. 부생식물이란 '생물의 사체(死體)나 배설물 및 분해물 따위에 기생하여 양분을 얻어 사는 식물'을 가리키는데, 나도수정초는 잎이나 꽃, 줄기 전체에 엽록소가 없어서 스스로 광합성 작용을 하지 못한다. 광합성을 못하므로 굳이 햇빛도 필요하지 않은 이 꽃은 창백한 얼굴을 하고 있다.

나도수정초는 분명히 꽃이다. 그러나 이 꽃을 보는 순간 꽃이라는 생각을 하기는 좀 어려울 것이다. 도리어 가장 먼저 일어나는 감정은 기괴한 생명체를 만난 듯한 당혹감이다. 대부분의 사람들이 외계에서 온 생명체를 보듯 이 꽃을 만난다. 그만

큼 낯선 형태를 가진 이 꽃은 꽃 전체가 수정처럼 순백색이다. 기둥과 잎, 꽃잎까지 모두 투명하게 보이는 흰색이다.

처음 이 생명체를 실제로 만났을 때 좀 웃음이 났다. 너무나 독특한 생김 때문에 '이런 꽃도 다 있구나' 싶은 웃음이 푸슬푸슬 터지고 있었다. 그런데 가만히 바라보니 정말 꽃은 꽃이었다. 하얀 기둥으로부터 돋아난 얇은 잎들과 그 잎들 위로 둥글게 매달린 종모양의 꽃, 그리고 꽃 속에 박혀있는 푸른 눈동자 같은 암술까지 볼수록 신비로운 꽃이었다.

그런데 어디선가 본 것 같은 이미지였다. 한참 만에 기억해낸 그것은 조지아 민속무용 나르나리(Narnari)를 추는 여성의 의상이었다. 하얀 붕대로 꽁꽁 싸맨 듯한 머리장식과 온통 하얀 색의 긴 소매 긴 드레스. 그들은 무대에서 몸을 꼿꼿하게 유지하며 수면 위를 미끄러지는 백조처럼 춤을 추었다. 좀 기묘해 보였지만 아름답고 신비로웠다. 왕녀의 처절한 고독 같기도 했다. 카프카스산맥 조지아의 왕녀는 웃음기 없는 창백한 얼굴로 춤을 췄다. 머리부터 발끝까지 휘감은 순백의 옷감이 모든 감정까지 표백해버린 것 같았다. 그러니까 그의 의상은 상처를 감추는 붕대 같기도 했다. 피 철철 흐르는 밤, 그 기억까지도 투철하

이렇게 기묘한 생명체라니, 나도수정초(평창 청옥산)

조지아 왕녀처럼(조지아 민속무용 나르나리를 추는 여성)

게 봉쇄하는 듯한 의상 속 왕녀가 인적 없는 숲속에 도래해 있었다.

또 하나 연상되는 이미지가 있었다. 아마도 많은 이가 공감하게 되는 백마, 하얗게 부서지는 파도로부터 질주해 오는 백마의 내달림이 거기 있었다. 영락없이 월터 크레인의 '포세이돈의 말'이었다. 숲속에서 만나는 아름다운 백마의 무리.

사진으로만 보면 나도수정초는 여전히 기괴할 것이다. 실제로 보는 건 참 다른 느낌을 불러일으킨다. 신기한 반응이었다가 감탄하게 되고 이내 매혹되기도 할 것이다. 그러나 나도수정초에 빠져들어 더 가까이에 두고자, 있던 자리에서 캐내 오는 것은 명백하게 어리석은 일이다. 이미 언급했듯이 나도수정초는 바로 그곳에서 그 토양의 영양분으로 살아가기 때문이다. 있던 자리에 그대로 두어야만 살아가는 나도수정초다.

있는 그대로, 있는 곳에, 존재하는 대로 존중해야 하는 삶의 이치. 원래의 자리가 아닌 데로 옮기려 하고, 원래의 그가 아닌 그로 바꾸려고 하는 사람들의 심리를 다시 생각해보게 하는 참 독특한 꽃 나도수정초!

비 내리고, 버섯들의 마을

별이 빛나는 이 광대한 하늘 아래서 결국 우리는
이 세상을 초월해 높은 곳에 자리하고 있는
신 혹은 영원이라 부를 수 있는 어떤 존재를 본다.
-월트 휘트먼

경이(驚異)는 장엄한 풍경에서만 오는 게 아니었다. 장맛비 한바탕 쏟아진 산길에서, 그 희뿌연 길에서 마침내 스스로를 드러내는 버섯들을 보면서 그 존재, '신 혹은 영원'이라고 부를 수 있는 존재를 생각했다.

한여름이었다. 눈부신 꽃들이 가득했다면 아마도 보지 못했을 풍경을 만났다. 비 쏟아지다 조금 주춤해진 산길은 어슴푸레 안개 속 같았다. 후텁지근하고 침침한 그 좁은 길에서 좀처럼 눈에 띄기 어려운 버섯들을 발견한 건 사실 놀라운 일이었다. 무리지어 핀 버섯들의 마을이 발밑에 있었다. 갑자기 애니

애기낙엽버섯들의 마을(수원 칠보산)

메이션 속에 뛰어든 것처럼 즐거워졌다. 이 작고 사랑스러운, 하지만 너무나 연약해 뵈는 버섯들. 비 내린 뒤에 깜짝 쇼처럼 피어난 버섯들의 마을이었다.

이 예쁜 버섯들의 이름을 찾는 건 쉬운 일이 아니었다. 다만 저 신비로워 보이는 동네는 '애기낙엽버섯'의 마을이다. 초콜릿색 버섯 이름을 알고 싶어 '초콜릿색 버섯'을 검색했더니 '버섯 모양 초콜릿'만 잔뜩 소개됐다. 하지만 그 어떤 초콜릿보다 이 버섯이 더 어여쁘고 생기 있다.

다시 저 마을에 들어서고 싶지만, 버섯들은 쉬이 스러진다

초콜릿색 버섯(수원 칠보산)

고 한다. 어쩌면 정말 안개 같은 마을이었다. 다시 찾아가도 내가 만난 이 모습은 재현되지 못한다. 말 그대로 오직 한 번의 만남, 유일회적인 만남이었다. 아쉬움이 배가됐다. 생각보다 훨씬 근사하고 멋진 시간이었다.

안개 자욱한 선자령에 핀 동자꽃

그 숲의 보석상자, 금꿩의다리

금꿩의다리는 아라비안나이트에 등장하는 보물상자 같기도 하다. 한두 송이 가까스로 피는 게 아니라 흐드러지게, 정말 풍성하게 쏟아지듯 핀 꽃들이 갓 발견해 뚜껑을 연 보물상자처럼 눈에 부시다. 게다가 보랏빛이라니. 고귀하고도 신비로운 보랏빛 꽃잎에서 터져 나온 황금빛 수술이 화려하기 그지없다. 아니, 틀린 말이다. 보랏빛 꽃받침으로부터 꽃술처럼 반짝이는 것이 꽃이다.

아마도 햇빛을 머금고 있을 땐 찬란의 극치일 것이다. 빛이야말로 꽃을 가장 빛나게 하니까. 하지만 비가 내리고 안개가 자욱해도 금꿩의다리는 범접할 수 없는 고귀함을 잃지 않는다. 오히려 그 색채가 제 빛을 발해 더욱 짙고 풍요로운 찬가가 들린다.

처음 선자령에서 금꿩의다리를 본 날은 안개가 말도 못하게 자욱했다. 꽃이 피었다고 한들 안개 속에서 볼 수나 있을까

미심쩍어하며 걷는데 그 짙은 안개 속에 이 꽃이, 자태를 드러냈다. 순식간에 나타난 꽃에 조금은 넋을 잃었던 것 같다. 비현실적이었다. 나는 환상 속에 꽃을 본 듯했다. 그날 이후 금꿩의다리는 안개 속에 나타나는 행복한 선물 같은 것이 됐다. 선자령 그 안개가 환상 속의 꽃길이 되었다.

그 후 대관령에서 다시 금꿩의다리를 만났다. 간단없이 비가 내리는 도로 가에 화사하게 핀 꽃들이 존재를 드러내고 있었다. 비옷도 젖고 신발도 젖고 사실 온 몸이 비에 젖은 것 같은 상태였는데 길에서 조금 내려가니 아주 가는 개울에 졸졸 물이 흘렀다. 슬리퍼를 신은 발이 아주 개운해졌다. 차고 맑은 물에 잠시 선녀가 된 듯도 했다. 머리 위로는 금꿩의다리와 흰금꿩의다리가 가녀린 줄기에 보석 같은 꽃망울을 드리우고, 꼬마숙녀들의 유치찬란한 샤스커트 같은 꼬리조팝나무 꽃도 어둑한 숲을 밝히고 있었다.

비 내리는 날의 꽃숲에서 문득 눈부신 꽃들의 한순간을 만났다. 생의 반짝이는 한순간이란 그런 것 아닐까? 저마다, 저마다, 정말 자기 뿌리에서 힘을 내 꽃을 피우고 열매를 맺고는 또 스러진다. 그 여정을 목격하는 경이의 순간, 숲에서 배우는 건 소멸의 의미, 고요한 소멸에 대한 성찰이다.

숲속에 보석상자처럼 금꿩의다리(평창 대관령)

모든 것이 빛날 수 없고, 빛나는 순간이 영속할 수 없다. 어느 날 내가 어둠에 물들면 그대가 내 삶에 등대가 되어주세요. 우리 그렇게 살아가는 거잖아요. 명멸. 반짝이다가도 때로 빛을 잃을 때 어둠 속에서 길을 잃지 않게 우리 서로에게 이정표가 되며 가요.

숲은 가만가만 알려준다. 오늘은 나, 내일은 너. 빛을 발하며 피었던 어제가 지나고 이젠 소멸을 앞둔 것들과 여전히 아직 피지 않고 때를 기다리는 것들. 그 안에서 평온해지는 건 그게 자연의 이치이기 때문이다. 순리. 흐르는 대로. 받아들임. 받아들이며 의미를 찾아보는 일. 바로 그 때문인 것 같다.

새하얀 보석처럼 흰금꿩의다리(평창 대관령)

부드럽게 천진하게, 호자덩굴꽃

소나기가 쏟아졌다. 비는 서슬 퍼렇게 퍼붓고는 지나갔다. 이내 비 그친 하늘에 흰구름이 호자덩굴꽃처럼 피었다.

매화노루발 핀 안면도 바닷가는 참 좋다. 접근성도 좋은데 꽃도 지천이다. 꽃자리를 비밀로 할 필요가 없어서도 좋다. 심지어 매화노루발은 멸종위기식물이 아닌가. 매화노루발의 미덕이고 안면도 해안의 미덕이다. 굳이 쉬쉬하지 않아도 된다는 게 얼마나 자유로운 일일까. 꽃이란 무릇 피고 싶은 곳에 피어나고 스치며 발견한 이들에게 기쁨을 주는 존재다. 감추고 걱정하며 노심초사할 존재는 아니지 않았을까. 하지만 우리는 꽃들이 사라질지도 모른다는 우려까지 해야 하는 땅에, 시간에 살고 있다. 슬프고 안타까운 노릇이다. 마음껏 피어나는 꽃을, 마음껏 볼 수 있다면 얼마나 좋을까.

푸른 봄 아직 초목이 무성하게 자라기 전에 들어섰던 숲이

안면도 솔숲에 핀 매화노루발

었다. 그 눈부시던 날에 우후죽순 피어났던 새우난초는 이제 자취만 남기고 스러졌다. 그리고 그 뒤안길에 호자덩굴꽃이 피었다! 시간이 흐르듯 사람도 떠나고 꽃들도 피었다 지면 또 다른 생명이 피어난다. 한 세대가 가면 또 한 세대가 오고 태양 아래 새로운 것이란 없다(코헬 1,4.9 참고).

새우난초는 올해 피었고 지난해에 피었고 다시 새봄에도 필 것이다. 봄날의 꽃들이 진 자리에 이제 새 꽃들이 피었다. 내가 찾아간 건 호자덩굴꽃. 보잇한 빛 속에 새하얀 꽃들은 흩뿌려진 진주알갱이처럼 작고 앙증맞은데 가만히 들여다보면 솜처럼 폭신해 보이는 꽃에 솜털이 보송하다.

꽃과 이름이 그리 어울리지 않는다. 원래 호자(虎刺)란 '호랑이 수염처럼 길고 예리한 가시'라는데 이건 꽃과 잎, 열매 달리는 모습이 호자나무와 비슷해 붙여진 이름일 뿐 호자덩굴에는 가시가 없다. 일단 이름이 이 꽃에 적절하게 붙여진 게 아니다. 호자라는 말은 또 이슬람에서 설교자나 선생님을 가리키는 단어이기도 하다. 흙에 바싹 붙어 덩굴처럼 자라는 푸르고 작은 잎들로부터 새하얀 꽃을 피우는 이 꽃과 학식이 깊고 존경받는 '선생'의 이미지는 아주 안 어울린다. 오히려 호자 앞에 앉아 딴청 피우는 악동 제자들 같은 꽃이다. 이름들로 연상되는 여러 이미지들과 함께 이 꽃을 찍는 일이 더 즐거워진다. 시간이 지

봄날의 꽃들이 진 자리에 새 꽃들이 피었다(호자덩굴꽃, 안면도)

나자 고요하던 숲에 사람들의 목소리가 들리기 시작한다. 호자덩굴꽃을 보러 온 사람들의 발길이 이어진다.

그냥 보기에는 하얗고 보드란 꽃, 호자덩굴꽃의 꽃말은 '공존'이라고 한다. 햇빛이 나무 사이로 들어왔다 스쳐가는 숲속에 피는 꽃은 무수한 생명체 속에 피어 함께 살아가고 있다.

몇 해 전 새우난초를 보았던 나는 또 몇 해를 더 살았고 더 나이 들어 '늙었고' 어느 날 지는 꽃처럼 떠날 것이다. 꽃들은 한 해를 져도 다시 피어날 기약을 하지만 우리는 일회의 삶을 살 뿐. 한 번뿐인 생에서 나는 무엇과 누구와 어느 만큼 공존을 하고 있을까.

가을, 혹은 빈자리

마음의 빈자리에 낙엽이 질 때
낙엽을 스치는 바람소리도 들리는 법
낙엽끼리 주고받는 이별의 눈빛도 보이는 법

우리 마음에 빈자리가 있어서
네 이야기에도 귀를 기울이면 좋겠다
낯선 이의 슬픔도 눈에 들어오면 좋겠다

가을 산길 어둑한 곳에서 별처럼 피어나는
자주쓴풀(남한산성)

가을엔 나뭇잎을 닮아볼까

채워져야 넘친다고도 하고, 비워야 찬다고도 한다. 어느 쪽이든 삶의 진실을 담고 있다. 문제는 언제 채우고 언제 비워야 하는 것인가이다. 가을 산에 들어서면 온통 푸른빛이던 나뭇잎이 울긋불긋 색소에 물들어 있다. 그리고는 시나브로 나무로부터 떨어지는 잎들이 쌓여간다. 하물며 자연의 한 요소인 나무가 '청춘'으로부터 비워져 떠날 준비를 하고, 꽃들이 절정을 지나 씨를 남기고 고즈넉이 겨울로 접어드는데, 오직 사람만이 비우고 떠나야 할 순간을 제대로 알아차리지 못할 때가 있다. 떠나야 할 때를 알고 가는 이가 아름다운 것은 그가 '알고' 버리고 결단을 내리고 행동하기 때문이다. 그 누구보다도 내게 너무나 필요한 덕목들이다. '식별'과 '결단', 그리고 행위!

추운 겨울이 가까워지면 나무들은 겨울을 준비하기 위해 나뭇잎과 이별한다. 적절한 때가 되면 나무는 떨켜를 만들어 뿌리에서 잎으로 가는 영양분을 차단한다. 잎은 점점 초록의 빛을 잃고 원래 자신이 가지고 있는 색을 드러낸다. 울긋불긋 어여쁜 색으로 찬란해진 잎들은 마침내 낙엽이 된다.

떨켜는 나무가 살아가기 위한 전략이다. 잎을 버리지 않으면 긴 겨울을 견딜 수 없다. 그렇게 되면 다시는 봄도 만날 수 없다. 결국 떨켜는 또 다른 내일을 위한 준비다. 단풍이 곱던 날 아차산 자락 영화사를 찾았다. 카펫처럼 쌓인 단풍잎을 밟으며 올라간 미륵전에는 기도하는 이들의 뒷모습이 고요했다. 기도처에 앉아 마음을 모으고 있는 이들을 바라보니, 기도는 마음의 떨켜를 만드는 시간 같았다. 자연의 흐름에 몸을 맡긴 나무처럼, 쓸데없는 것에 흔들리지 않고 마음을 모으는 시간. 그 뒷모습이 단풍처럼 고왔다.

우주가 네 안에 있구나, 좀바위솔

가을이 깊으면 온 누리에 '꽃'의 자취가 사라진다. 봄과 여름 내내 사람들을 한없이 설레게 하며 삶의 아름다움을 노래하게 하던 꽃들은 이제 열매를 맺고 씨앗을 떨어뜨려 미래를 기약한다. 그리고 이내 가을을 장식하는 드문 생명체들이 고요히 꽃을 터트린다.

흔히 바위 위에서 자라는 바위솔도 깊어가는 가을의 쓸쓸한 풍경을 아름답게 꾸며주는 존재다. 크기와 잎 등이 조금씩 다른 바위솔들은 저마다 다른 이름을 얻었다. 그 가운데 좀바위솔은 말 그대로 바위솔보다 작아서 붙여진 이름으로 꽃이 만개할 즈음 10~15cm 정도로 자란다.

사실 바위솔을 들여다볼 기회가 없었다. 그저 그림 속에서 본 바위솔은 선인장처럼 별 느낌 없이 스치곤 했다. 기와지붕에서 자라 '와송(瓦松)'이라고도 불리지만 기와는 눈높이보다 위에 있어 별로 볼 일이 없고, 대부분은 산속 바위에 자라는 까닭에

작은 꽃 안에 우주가 피어나고 있다(좀바위솔, 한탄강)

산에 가지 않으면 볼 수가 없는 식물이라 더 낯선 존재였다.

꽃을 찍으러 다니면서 비로소 좀바위솔과도 '정식으로' 만나게 되었다. 한탄강 자락에서도 화야산에서도 온 산하가 단풍으로 물들어가는 깊은 가을이었다. 좀바위솔을 처음 들여다본 날, 작은 꽃을 만날 때 늘 그렇듯이 볼수록 어여쁜 그 모습에 감탄이 끊이지 않았다. 원래는 작다는 의미로 '좀'이라는 이름이 붙었겠지만 '좀스럽다'거나 '좀벌레' 같은 단어가 떠올라 이 작고 귀여운 생명체에게는 차라리 이명인 '애기바위솔'이 더 어울린다. 가만히 꽃을 보면 빽빽한 이삭꽃차례 속에서 꽃이 피어오른다. 다 자라도 20cm 정도밖에 되지 않는 꼬마 생명체가 해내는 놀라운 일이다. 연붉은 꽃잎 속에서 긴 타원형 꽃잎과 거의 비슷하게 터져 나온 열 개의 수술 끝에 자줏빛 꽃밥이 매달려 있다.

좀바위솔은 두툼한 잎사귀 덕분에 오랫동안 비가 내리지 않아도 스스로 수분을 보충하며 생존한다. 그러나 아무리 생존력이 강하다 해도 사람들의 손길 앞에서는 속수무책이다. 더욱이 몇 해 전에 언론에서 항암효과가 있다고 보도한 후에 이끼까지 통째로 거둬가는 일이 잦아서 보기에도 넉넉하던 자생지가 초토화되기 일쑤였다고 한다. 무방비상태인 식물에 가해지는 사람들의 폭력 때문에 보기가 더 힘들어져 버려서 좀바위솔을 바라보는 마음이 애틋했다. 천만다행히 자연은 힘이 세서, 거의 사라진 것 같던 한탄강 주변 자생지에 좀바위솔이 다시 살아나고 있다는 반가운 소식도 들린다.

좀바위솔은 미시의 세계다. 모르고 살 뻔한 너무나도 작은 세계. 그 안에 그토록 어여쁜 생명이, 또 하나의 프랙털이 피어나고 있었다. 우주가, 거기, 피어나고 있다.

겨울, 봄을 기다리기로 했다(바람꽃)

눈 속에 꽃이 있다는 걸 분명히 아는데 녹지 않는 눈밭에서는 꽃을 볼 수가 없다.

눈이 녹기까지는, 눈이 녹아주기까지는 노루귀 같은 가녀린 꽃들은 스스로 눈을 녹이지 못한다.

종종 노루귀처럼 눈이 녹기만을 기다릴 수밖에 없는, 스스로는 나를 뒤덮은 눈을 녹이거나 뚫어버릴 수 없는 우리의 시간을 기억한다.

눈이 녹아야만 빛을 볼 수 있다면, 그것만이 유일한 길이라면 기다릴 힘, 인내, 고독을 즐기는 법을 배워야겠다. 돌진이 가능한 힘도 있지만 기다리며 기다리며 살아가는 힘도 있으니까.

봄이 오면 산과 들의 습지에 지천으로 피는
괭이눈(천마산 팔현 계곡)

봄이 오면 산에 들에 진달래 피네

꽃이 지천인 산이 있다. 천마산이나 세정사 계곡, 광덕산 같은 곳이 그렇다. 그곳에 들어서면 발길마다 피어 있는 꽃들을 보느라 속도가 느려진다. 그런데 처녀치마 만나러 올라가는 북한산 진관사 뒷길은 아무리 봐도 꽃이 안 보였다. 덕분에 처녀치마는 어디 피었을까만 생각했다.

산을 오르자 기다리는 마음에 진달래가 안겨들었다. 빛이 좋은 시간, 햇빛을 고스란히 받은 진달래꽃이 어둑한 숲속에서 등불처럼 반짝였다. 걸을 때마다 다른 배경에서 피어난 진달래에 푹 빠져 걷다가 "'진관사'가 '진달래 진' 자를 썼나?" 어이없는 농담을 주고받으며 웃기도 했다.

"봄이 오면 산에 들에 진달래 피네 / 진달래 피는 곳에 내 마음도 피어…."

노래처럼 봄이면 진달래가 피고 개나리가 피었다. 백목련이 피고 나면 자목련이 뒤를 이었다. 봄은 그렇게 오곤 했다. 진

봄이 오면 산에 들에 진달래 피네(북한산)

달래는 산에 들에 피었다. 진달래를 일부러 사람들의 마을에 옮겨 심지는 않았다. 그래도 봄이면 어디에서든 진달래빛이 아른거렸다. 진달래빛 봄이 마음을 물들며 무르익었다. 우리 모두의 봄에는 진달래가 피었다. '고향의 봄'에도 진달래는 등장한다. 무엇보다 소월의 진달래꽃은 얼마나 애틋한가. 얼마나 아름다운가. 이별의 순간에, 생의 막다른 길에서 진달래꽃은 옛사람들과 함께 있었다. "진달래는 먹는 꽃 / 먹을수록 배고픈 꽃…"이라고 쓴 조연현의 시구에는 그리움이 뚝뚝 묻어났다. 헤어짐 앞에도 진달래가, 그리움 앞에도 진달래가 함께 있었다.

봄이면 늘 가까이에서 피던 꽃이라 대접을 못 받기도 하는 꽃 진달래. 나이 들다 보니 뒤안길에서 자연스럽게 피었다 지는 꽃들에게도 마음이 가고 눈길이 간다. 오랫동안 함께해 주는 것들이 찬찬이 눈에 들어오곤 한다. 처녀치마 찾으러 가던 진관사 산길에서 햇빛에 물들어 꽃등을 밝힌 진달래꽃에게 마음이 물들어버렸다.

꽃은 물든다
햇빛에 물들고
비에 물든다

한낮의 산에 불 밝힌 저 꽃들
진달래 진달래 진달래꽃은

빛과 그림자 뒤섞인 틈에 꽃등 들고 선 신부,
제 안에 불 밝히고 저리도 환히 피어난 슬기로운 처녀들

꽃처럼 산다는 건 저렇듯 유순하게 빛에 젖는 일

기꺼이 무언가의 일부이길 두려워하지 않는 일

아름다운 당신께 물들기를 순식간에 갈망하는 일

그러니 얼마나 먼 일인가, 꽃을 닮는다는 건

겸허하게 꽃등 하나 밝히지 못하는 나는

이쯤 되면

길 하나는 만들어야 했다

내 길을 열고 너를 위한 이정표도 세워야 했다

저 꽃들마저 등 밝히며 길을 이끄는데

아직 길도 못 찾은 채 헤매고 있는

한 사람

마음에 불 밝히는 대신

마음이 그저 붉어졌다

위안의 꽃말, 미선나무꽃

매화가 피면 궁궐에 간다. 창경궁 옥천교를 지나 함양문으로 창덕궁에 들어가면 성정각과 칠분서 삼삼와 주변에 만첩홍매를 보러 온 사람들이 꽃처럼 피어 있다. 때로는 꽃보다 사람 구경이다. 조금 떨어져 그 풍경을 보면 또 그 나름의 즐거움이 있다.

봄이 오면 궁궐에도 수많은 꽃들이 핀다. 옛 시절부터 피었던 꽃도 있고 새로 심은 꽃들도 있다. 꽃을 보며 어떤 시절들을 생각해보는 시간 속을 걷는다.

어느 해 봄꽃이 다 지던 무렵 미선나무의 꽃말을 들었다. '슬픔은 사라지고'라니! 순전히 꽃말 탓에 부리나케 창경궁에 가 보았지만 이미 지고 난 후였다. 기억하고 있었다, 봄이 오기를 기다리는 이유의 하나가 되었다.

묘하게도 자경전 옛터에 미선나무가 줄지어 있다. 오며가며 미선나무를 가장 많이 봤던 곳이 자경전 터였다. 정조 임금

이 어머니 혜경궁홍씨를 위해 궁의 가장 높은 언덕에 지은 이 전각은 가장 존귀한 '전'이라는 이름을 얻기도 했다. 사도세자 사당인 경모궁을 잘 건너다보게 하기 위해서였다고도 하고, 창덕궁을 편히 오가시라고 그곳에 지었다고도 하는데, 고종 때 경복궁을 중건하며 헐었다. 일제 강점기에 제실박물관이라거나 장서각으로 쓰인 건물을 크게 지었지만 건물들이 다른 곳으로 옮겨간 후 빈 터로 남아 있다. 진달래 피고 댓잎 수런거리는 자경전 빈터는 오갈 때마다 바람결에 들리는 말이 있다.

모든 것은 지나간다. 삶의 모든 것은 한순간이다. 무엇도 영원히 머물지 않는다. 기쁨은 한순간이어서 아쉽고 고통은 시간이 지나면 위로를 얻는다. 그래서 사람이 산다. 살 수 있다. 그 순간들이 지나가지 않으면, 망각의 힘이 없다면, 때로 처절한 고통의 날들을 어떻게 이겨낼 수 있는가. 모든 것이 지나가고 스러지고 퇴색하면서 우리는 살아간다. 아무리 죽을 것 같은 상황이어도 견뎌봐야 한다. 산다는 건 예기치 않은 무대를 허락한다. 새옹지마. 슬픈 날이 지나면 웃으며 기억하게 되기도 한다.

사람들이 꽃말을 염두에 두고 이 자리에 미선나무를 심었을까 우연일 뿐일까. 말의 힘이라거나 공감하게 하는 의미라거나 아무튼 꽃말 때문에 미선나무는 찾아다니는 꽃이 되었다.

요즘은 꽃을 어떻게 고를까. 옛날엔 '꽃말'을 생각하며 마

슬픔은 사라지고, 미선나무꽃(창경궁)_ 위
창경궁 자경전 옛터에 진달래가 피고 미선나무 꽃이 핀다._ 아래

음을 전하기도 했다. 그래서 장미나 카네이션 같은 꽃은 용도가 분명했다. 사랑을 전하고 고마움을 전하는 꽃. 그리고 일반적으로 노란색 꽃은 질투 같은 부정적인 의미를 담고 있었다. 용서를 구하거나 후회를 전하는 꽃말도 많았다. 그런데 요즘은 예전만큼 꽃말을 염두에 두는 것 같지 않다. 꽃말은 감정을 지금처럼 드러내기 힘들었던 시대에 꽃의 상징과 꽃말을 통해 마음을 전하기 위해 많이 쓰였다고 한다. 확실히 지금은 감정표현에 어떤 제약도 없다. 그러니 이제는 굳이 감추어져 보이지 않는 상징을 빌릴 이유도 없다. 어떤 의미에서는 그만큼 설렘도 줄어들었다. 즉각적인 의사표현 앞에서 꽃들의 말은 별 효용이 없다.

그렇다고 꽃말이 사라진 건 아니다. 여전히 보다 깊은 감정을 느끼는 이들은 무엇에도 의미를 부여하고 싶어진다. 말로 다 못하는 어떤 표현들을 꽃으로 대신하고 싶기도 하다. 꽃은 필요로 하는 이들에게 여전히 메신저가 된다. 때로는 대상이 없어도 나 자신에게 말을 건다. 오랫동안 담지하고 있는 꽃말과 꽃들의 이름은 그 자체로 어떤 이야기들을 갖고 있다. 꽃들을 볼 때 조금 더 풍요로워지는 이유다. 꽃말을 알고 난 후 미선나무가 내게 다가온 것처럼.

슬픔이 사라지기를 바라는 마음으로, 사라진 슬픔이 되돌아 기억되는 슬픔으로, 꽃을 본다. 마음을 담아 꽃을 본다. 살랑이는 바람에게도 전한다, 슬픔은 사라질 거야. 그렇지?

창덕궁 칠분서 삼삼와 앞 만첩홍매와 미선나무

꽃말이 유행한 건 영국 빅토리아 시대였는데
시초는 이슬람 풍습인 셀람(selam)이었다고 한다.
무슬림들은 모든 꽃 안에 하느님이 계신다고,
혹은 하느님의 말씀이 있다고 생각했다.
그들은 꽃을 보며 알아들은 하느님의 말을 꽃에게 주었다.
그들의 시선으로 본다면, 모든 꽃에는 하느님이 계신다.
꽃을 보는 건 꽃의 하느님을 보는 일이기도 하다.
그러니 인사를 드려야 한다.
"당신 안의 신께 경배합니다, 나마스테."

* 사진의 꽃은 꽃말 하면 가장 먼저 떠오르는 '나를 잊지 마세요'의 주인공 물망초.

겨울 지나며 다시 찾아온 희망의 말, 스노드롭

언제 어디서 이 꽃을 처음 보았는지는 기억이 안 나지만 서울숲 겨울정원에서 이 꽃을 찍었다는 건 알고 있다. 은방울꽃과도 비슷한 이 꽃을 잊어버리고 있었는데 어느 봄, 영국 사시는 블로그 이웃의 글에서 끝없이 이어진 꽃의 행렬을 보고 반해버렸다.

우리에게는 낯선 꽃인데 영국에서는 제비꽃만큼 어마어마하게 꽃이 핀다. 서유럽 본토에서 전해져 수도원에 많이 심었던 이 꽃들은 이제 문을 닫아 폐허가 된 수도원에서도 하얀 옷을 입은 수도자들처럼 피어난다. 말 그대로 폐원의 정경이다.

북반구 섬나라 영국의 겨울은 우리 겨울보다 더 가혹하다고 한다. 길고도 긴 그 겨울의 끝에 피어나는 꽃이 얼마나 반가웠을까. 눈 내린 겨울 들판에 하나둘 피어나는 이 꽃을 사랑하지 않을 수 있을까. 켈트 축제인 임볼크(Imbolc)의 상징이었던 이 꽃은 그리스도교 시대에 캔들마스(Candlemas)의 상징으로 이어졌다. 예수님이 태어난 지 40일 만에 모세의 율법대로 정결례를 치른 성모 마리아가 아기를 성전에 봉헌한 이날을 지금은 '주님봉헌축일'이라고 부르는데, 교회에서는 450년경부터 이 축일에 한 해 동안 전례에 사용하는 모든 초를 축성한다.

오래전부터 사랑 받아온 시간만큼 스노드롭에 대한 이야기도 끝이 없다. 많은 사람들이 희망과 위로의 이야기를 전하고 있지만 부정적인 전설들도 따라다녔다. 하얀 꽃잎이 수의처럼 보인다거나 고개를 깊게 숙인 모습이 애도 행렬 같다며 집안에 들이면 불행한 일이 생긴다고 믿기도 했다. 어쩌면 죽은 자들의 집인 묘지 주변에 심었던 까닭에 생긴 이야기일 수도 있겠다. 겨울에서 봄 사이에 피다 보니 죽음과 새로운 소생 이야기의 주인공인 하데스의 페르세포네가 소환되기도 한다. 게다가 꽃 전체가 독성을 갖고 있어서 죽음을 상기시키기도 했을 것이다. 하지만 스노드롭에서 발견된 갈란타민(galanthamine)이라는 물질은 두통에도 효과가 있고 지금은 알츠하이머병의 치료제로 개발되었다. 어쩌면 그런 의미에서도 빅토리아 시대에 얻은 '위로'라는 꽃말이 또 적절해 보인다.

스노드롭을 보러 다시 서울숲에 갔다. 들판에 내려앉은 눈송이처럼 새하얀 스노드롭이 그리웠지만 영국 어디에든 흐드러지게 피는 그 요정들의 숲은 한없는 그리움일 뿐이었다. 전에 보았던 겨울정원에는 안 보이더니 튤립을 식재해놓은 곳에 여러 개체가 피어 있었다. 사진으로 본 '스노드롭'의 느낌은 가지기 힘들었지만 그나마 다행이라고 생각하며 열심히 사진을 찍었다. 마음이 쓸쓸해졌다. 아닌 것으로도 만족해야 하는 일, 부족해도 괜찮다고 다독이는 일, 그런 반복이 어쩌면 내 안의 진짜 갈망을 깊이 묻어온 것은 아닐까. 내 안에 이는 바람을 깊이 몰아넣어 봉인해버린 게 아닐까. 그리우면 그립다고, 꼭 찾아가야겠다고, 그런 마음이 생생하게 살아있어야 찾아가고 만나고 그렇게 되는 것 아닐까 싶어졌다.

"따져 보니 제대로 살아 본 것 같지 않다. / 나는 나를 떠돌던 나그네 / 지금까지 살아온 것은 누구였을까."

네팔 사람 두르가 랄 쉬레스타(Durga Lal Shrestha)는 '따져 보니' 그런 것 같다고 하는데 나는 따져보지 않고도 이미 알고 있다, '제대로 살지 않았음을!' 그건 성실과 항구함과 치열한 욕구, 모든 면에서 그랬다. 나는 최선을 다해 살아보지 않았다. 그게 항상 마음에 걸렸다.

이 꽃이 피고 있는 영국 풍경이 '제대로 산다는 것'에 대한 생각까지 나를 이끌었다. 그러니까 나도 제대로 살아보고 싶은 것이다! 다시 봄. 다시 생명. 오늘 나는 봄을 선물 받았다. 삶은 고해(苦海)이기도 하지만 다시 생각하면 분명히 선물이다. 겨울에서 봄 사이에 피는 이 꽃이 내게도 의미를 전해주었다.

겨울에서 봄 사이, 스노드롭(서울숲)

1월 1일의 탄생화이기도 한 스노드롭의 꽃말은 '희망'이다. 오래전 창세기의 날에 유혹에 빠져 추방당한 아담과 이브에게 천사들이 나타나 위로했다고 한다. 천사들이 희망의 마지막 불씨를 전해줬다고 한다. 그때 이브가 흘린 눈물에서 이 꽃이 피어났다고 한다. 처절하고도 절박한 희망의 불씨 하나가 혹한의 겨울에 다시 살아나 꽃을 피운 것이다. 그날의 위안처럼 이 꽃이 전해주는 것이 희망이라면 우리가 돌아갈 곳도 희망의 공간, 희망의 시간이라는 위안일까? 그 옛날 스스로 삶을 나락에 빠뜨렸던 아담과 이브에게 천사들이 전해준 그 아득한 위로처럼, 우리에게도 이 꽃은 여전히 희망을 전하고 싶은 것일까.

다시 봄, 새 봄이 만발한다. "…두려운가, 그렇다 / 그래도 당신과 다시 외친다. / 기쁨에 모험을 걸어보자…."(루이스 글릭, 눈풀꽃) 스노드롭, 우리말로는 눈풀꽃이 소리친다. 나도 같이 소리쳐 본다. 좋아, 가보자! 또다시 허락된 새 봄.

| 나가는 글 |

꽃은 마술사 손에서 피어나는 풍선이 아니다. 기다려야 하고 묵묵해야 한다. 비는 내리고 눈도 쌓일 것이다. 삭풍이 불어 귀가 얼얼한 밤도 깊을 것이다.

…그러나 아침이 오고 햇빛이 비치면 잎은 소생하고 꽃은 기지개를 켠다. 마음의 주름들이 펴지고 미소가 번진다. 어둡게 내려앉았던 불안과 두려움을 털어내고 힘겨워도 꿈을 꿀 수 있을 것이다. 꽃의 자세처럼, 꽃이 그렇듯이.

네팔 시인 두르가 랄 쉬레스타의 〈꽃은 왜 피는가〉라는 시에서 제목을 얻었다.

어느 날 시들어야 한다는 걸 알면서도
꽃은 왜 피나?
꽃은 왜 피어나나?

누군가 말해주세요, 이 생의 비밀

……

매번 찾아오는 계절에 다시 피어나는 꽃을 보면서 늘 반갑고 고맙고 감탄한다. 그리고 묻게 된다. 너는 어디서 와서 어디로 가니. 그 길이 우리가 가는 길과 같은 것인지 다른 것인지도 궁금해진다. 꽃이 온 길, 꽃이 가는 길을 안다는 건 내가 온 곳, 내가 떠나갈 곳을 안다는 것과도 같은 말이 아닐까. 그 물음에 대한 답을 알게 된 사람은 뿌리를 얻은 것이 아닐까. 유일회적인 삶, 그 안에서 만나게 되는 무수한 꽃들의 생, 무수히 만나는 꽃들의 말에 귀 기울이는 건 바로 그 비밀에 대한 기대 때문일지도 모르겠다. 그 길을 알고 싶어서, 늘 꽃을 보러 가고 침묵하며 기다리는 것이다. 정말 "누군가 말해주세요, 꽃들의 비밀을"

말하자면 이 책은 꽃과 함께한 순례의 기록이라고 할 수 있다. 그 순례의 여정이라고 할 수 있다. 꽃들과 함께한 시간들을 마음을 담아 전한다. 내가 할 수 있는 이 사랑의 표현이 누군가에게 사랑으로 전해질 수 있다면 정말 좋겠다. 우리 들과 산에 피는 꽃들을 만날 때 인사를 건넬 수 있는 징검다리가 되면 좋겠다.

선물 같은 하루에 또 하나의 선물 같은 책이었으면 하는 큰 소망을 담아 세상에 내보낸다.

누군가 말해주세요, 꽃들의 비밀을

초판 찍은 날 2024년 05월 27일
초판 펴낸 날 2024년 06월 04일

지은이 이선미

펴낸곳 오엘북스
펴낸이 옥두석

편집장 이선미 | **책임편집** 임혜지
디자인 이호진

출판등록 2020년 1월 7일(제2020-000115호)
주소 경기도 고양시 일산동구 중앙로 1055 레이크하임 206호
전화 031. 906-2647 | **팩스** 031. 912-6643
홈페이지 https://blog.naver.com/olbooks
이메일 olbooks@daum.net

ISBN 979-11-984159-7-4 03810